Otish

Gérald Gagnon

Otish

roman

Boréal

Cet ouvrage a été publié avec l'appui du Programme
de subvention globale du Conseil des Arts du Canada.

Maquette de la couverture: Rémy Simard
Illustrations: Alain Longpré

© Les Éditions du Boréal
Dépôt légal: 4ᵉ trimestre 1992
Bibliothèque nationale du Québec

Diffusion au Canada: Dimedia
Distribution en Europe: Les Éditions du Seuil

Données de catalogage avant publication (Canada)

Gagnon, Gérald, 1933.
    Otish
    (Boréal inter; 22)
    Pour les jeunes.
    ISBN 2-89052-506-6
    I. Titre.
PS8563.A324O84 1992   jC843'.54   C92-097082-6
PS9563.A324O84 1992
PZ23.G330t 1992

À Jeannick

I

La lettre

Cette année-là, j'étais en cinquième secondaire, mais j'assistais aux cours avec moins d'assiduité qu'il eût convenu car je m'y ennuyais ferme. D'ailleurs, tout me lassait. Je me suis ennuyé comme ça jusqu'au deux novembre. C'est ce jour-là que, tout d'un coup, mon cafard a disparu pour ne plus jamais revenir.

Grâce à une lettre.

Je revenais du dépanneur lorsque j'ai aperçu l'enveloppe. Quelqu'un l'avait coincée entre la porte d'entrée et le chambranle; et ce n'était pas le facteur, puisqu'elle n'était pas affranchie. Elle m'était adressée:

Monsieur Jean Gautier
125, rue Dicaire
Rabaska (Québec)

Vite, j'ai enfilé le corridor jusqu'à ma chambre. Là, affalé sur mon lit, les pieds sur le rebord de la fenêtre, j'ai décacheté l'enveloppe. Elle contenait une lettre et plusieurs billets de cent dollars. J'ai compté les billets: quarante. Je les ai recomptés à plusieurs reprises, puis j'ai lu la lettre.

Permettez que je vous en dévoile le contenu.

«Mon cher Jeannot,

«Lorsque mon factotum — c'est une sorte d'homme à tout faire — t'aura livré ce billet, je serai mort depuis quelques semaines. Ne me plains pas: j'ai, je crois, bien utilisé le temps qui m'a été alloué.

«L'argent ci-inclus est un acompte sur ta part d'héritage. Pour t'assurer du principal, tu devras suivre mes instructions à la lettre. Tu trouveras celles-ci chez maître Viktor Ablacatoff, à Ramboise, localité que tu sauras découvrir sur une carte, si tu sais lire une carte bien entendu.

«Que Dieu te bénisse.

Ton grand-père,
Hermas Gautier

«P.-S. Inutile de téléphoner à maître Ablacatoff. Il a reçu consigne de te remettre mes directives en main propre.»

À peine avais-je terminé ma lecture, qu'on frappa à la porte de ma chambre. Je grognai. Assuré de ma présence, mon oncle Alphonse ouvrit. J'habitais chez lui depuis la disparition de mes parents.

— Quand pars-tu? me demanda-t-il sur le seuil.

— Partir? Pour aller où?

— Tu ne vas pas à Ramboise?

— Tu es au courant!

— Bien sûr. Comme je suis au fait du décès de ton grand-père Hermas. Il m'a aussi écrit, figure-toi!

Je ne savais quoi dire. Mon oncle s'approcha du lit et toussota.

— J'ai appelé le directeur de la polyvalente. Tu n'en fais plus partie. De toute façon, tu n'y allais qu'un jour sur deux.

Il s'éclaircit la voix puis, sur un ton encore plus grave:

— Jean, je n'ai pas d'ordre à te donner, car je te considère maintenant comme majeur, même si tu n'as que dix-sept ans. Mais ton départ serait apprécié. Je me suis informé: un autocar quitte Rabaska pour Ramboise demain matin. Prends-le. Ta tante et moi avons besoin de vacances.

Sur ces mots, il se leva et sortit.

J'étais abasourdi. Il me mettait bel et bien à la porte. Il fallut plusieurs minutes avant que je comprenne que j'étais libre.

Totalement libre! Avec quatre mille dollars en poche et la promesse d'autres largesses.

Tout ça grâce à un grand-père que je n'avais jamais rencontré.

* * *

Je consultai le tableau des départs. L'autocar quittait Rabaska à six heures, mais n'entrerait à Ramboise qu'à seize heures trente.

Ça allait être gai!

Je soupirai et j'allai acheter une carte routière. Je revins juste au moment où l'autocar approchait du quai d'embarquement. C'était un vieux véhicule aux vitres sales.

Les freins crièrent.

Je lançai mon sac à dos au fond de la soute à bagages et montai à bord. Je m'installai près d'une fenêtre, au milieu, là où, vraisemblablement, les secousses seraient moins intenses. Offusqués, les ressorts du siège grincèrent lorsque j'y déposai ma précieuse carcasse.

Je regardai par la fenêtre.

Les derniers passagers sortaient du terminus: un couple entre deux âges, une jeune femme avec un bébé, une petite vieille toute souriante, tellement courbée qu'elle devait lever très haut la tête pour voir devant elle. Le conducteur allait refermer la portière, lorsqu'un retardataire surgit en trombe. Il agitait son billet.

Jamais je n'avais vu un être aussi farfelu.

C'est son chapeau melon qui, en premier, attirait l'attention. Il était vert. Dessous le chapeau, grimaçait une petite face basanée, toute plissée. Plus bas, un ample manteau raglan à carreaux verts et jaunes flottait sur un corps de mahatma. Le tout se déplaçait rapidement sur de petites jambes et se déhanchait à la manière des marcheurs olympiques. Sous le bras droit: un long parapluie. Noir.

L'individu sauta à bord, tendit son billet au conducteur en le saluant très bas et courut presque jusqu'au siège devant le mien, de l'autre côté de l'allée. Là, il s'assit, se retourna, me toisa un long moment, puis sortit un carnet de sa poche et se mit à écrire.

Étrange.

Quant à moi, la carte routière déployée sur mes genoux, je me plongeai dans l'étude de l'itinéraire.

J'appris ainsi que plus de six cents kilomètres séparent Ramboise de Rabaska. Du trajet, je connaissais la première partie; la route longe les Laurentides sur une centaine de kilomètres, puis les traverse. Je réglai le réveil de ma montre sur dix heures, soit le moment où l'autocar aborderait le plateau de Saint-Augustin. Je ne voulais rien rater de ce pays, tout sillonné de canaux, mystérieuse antichambre des Grandes Otish.

Je me lovai contre la fenêtre et m'endormis.

Le rêve, qui si souvent hantait mon sommeil, m'assaillit à nouveau. J'étais redevenu un tout petit enfant. Mon père me portait. Il marchait à grands pas et jetait fréquemment un coup d'œil derrière lui; alors, son collier de barbe frottait contre ma joue. Maman était là aussi. Elle courait. «Vite!» lançait-elle de temps à autre. Alors, papa accélérait.

Nous cheminions dans une rue étroite et je fixais le dernier étage en encorbellement d'une haute maison aux murs de stuc crème. Sur le rebord d'une des fenêtres était perché un oiseau noir de la taille d'une buse. «Au plus dru! au plus dru!» croassait-il. Mais j'ignorais le sens de cette expression.

Lorsque je m'éveillai, l'autoc[ar] vive allure sur le plateau d[e] Augustin. Il longeait un étroit lequel glissaient quelques embarcations à rames. Aucune habitation en vue. Le ciel était bas et de grandes volées de corneilles rasaient les champs de maïs.

Si l'on fait exception des quelques villages disséminés çà et là, le plateau de Saint-Augustin n'abrite que deux localités dignes des mention: Mésève, du côté de la chaîne laurentienne et Ramboise, au pied des Grandes Otish. Entre les deux s'étalent trois cents kilomètres d'un plat pays désolé que les cultures de maïs disputent aux pâturages.

Quelques minutes après mon réveil, l'autocar entra dans Mésève. Un arrêt d'une demi-heure y était prévu. J'en profitai pour descendre du véhicule afin de me délier les jambes et d'explorer les environs.

Je pris la rue de la gare en direction du nord. Il faisait froid, beaucoup plus qu'à Rabaska. Je relevai le col de mon blouson et me mis à courir pour me réchauffer. Les trottoirs étaient déserts et seules quelques rares voitures roulaient sur la large avenue. Je m'en étonnai tout d'abord, puis je me souvins que c'était dimanche.

Une rue très étroite, presque une ruelle, se présenta sur ma gauche. Je l'empruntai. Quelques minutes plus tard, je débouchai sur une petite place déserte que ceinturaient des maisons de cinq étages, toutes pareilles. Un étroit canal la traversait qu'enjambait un ponceau dont l'arc se reflétait à la surface des eaux. Mes yeux s'attardèrent sur la brique blanche, légèrement rosée, des façades et je sus que ce lieu ne m'était pas inconnu. En rêve ou en réalité, dans cette vie ou dans une autre, j'étais déjà venu ici.

Une boutique de sport me faisait face. Je traversai le ponceau et m'en approchai. La vitrine montrait un assortiment de patins. Il y en avait de toutes sortes, pour tous les âges, tous les goûts, tous les usages: patins à *tuyaux*, de *fantaisie*, à courte ou longue lame fixée ou non à la chaussure. Il y avait même quelques-uns de ces vieux trucs qu'on peut voir dans les scènes d'hiver du peintre flamand Pieter Bruegel, dit l'Ancien. Mon oncle Alphonse a tapissé les murs de son bureau de reproductions de ses œuvres. Elles côtoient les toiles de mon père.

La vitrine affichait également un article de journal.

Mésève, capitale mondiale du patinage

Sous ce titre ronflant, l'auteur de l'article nous informait que, grâce à sa situation géographique exceptionnelle, le plateau de Saint-Augustin reçoit toutes les eaux du versant est des Grandes Otish par l'entremise de l'Iloise, rivière au débit impressionnant. Les précipitations étant très faibles sur le plateau même, on avait détourné les eaux de la rivière pour constituer un réseau de plus de quatre cents kilomètres de canaux. Durant la belle saison, le système sert à l'irrigation, au transport et à la navigation de plaisance. L'hiver, on y patine, car s'il tombe peu de neige sur le plateau, il y fait par contre très froid.

Une ombre glissa sur la vitrine et teinta de gris le papier. Je me retournai.

Deux hommes se tenaient derrière moi, tout près. On aurait dit Humphrey Bogart et son sosie: imper, chapeau, une main dans la poche. Ils me fixaient.

Celui de droite tenait ce qui me sembla être une coupure de journal.

— C'est bien lui, dit-il.

Et les deux de sortir de leur poche un couteau à lame rétractable. Comme il était clair que leur intention n'était pas de me décerner un prix d'excellence, je ne perdis pas de temps à m'interroger sur le motif de leur hostilité. Plutôt, je fonçai entre eux et sprintai vers la sortie du square. Un moment, j'entendis le martellement de leurs souliers ferrés sur le pavé, puis ils abandonnèrent.

Ma course folle fit que je m'égarai. Je perdis plusieurs minutes dans un dédale de petites rues avant de rejoindre l'autocar, juste au moment où le conducteur s'apprêtait à refermer la portière.

Je sautai à bord et me précipitai vers ma place.

Dans ma hâte, je ne vis pas le parapluie noir du petit monsieur au melon vert. Il dormait: le monsieur, bien entendu. Quant au parapluie, il était appuyé contre le banc opposé et bloquait l'allée. Je m'y accrochai le pied et plongeai tête première.

— Êtes-vous blessé?

L'intonation était un brin moqueuse, mais la voix avait la douceur d'un baume. Appuyé sur les mains, je redressai la tête et elle m'apparut comme un lever de soleil.

— Jean Gautier, lui dis-je.

— Marouchka, me répondit-elle.

Elle se glissa à mon ancienne place, près de la fenêtre et me fit signe de m'asseoir à côté d'elle. Du paysage que je contemplai entre Mésève et Ramboise, je vous dirai qu'il avait les yeux verts, des cheveux d'or, et qu'il était beaucoup moins revêche que le plateau de Saint-Augustin.

Marouchka habitait Ramboise. Elle revenait de Mésève où elle était allée pour cause de mariage.

— Pas le mien, précisa-t-elle, mais celui d'une cousine.

J'appris qu'elle étudiait à la polyvalente du coin, en quatrième secondaire, qu'elle avait un mignon petit frère et une grande sœur détestable et qu'elle adorait patiner. Puis, la conversation dévia sur Ramboise, ses alentours et les Grandes Otish. Ces dernières semblaient fasciner Marouchka. Elle y revenait constamment, s'attardant surtout aux contes et légendes ayant pour cadre ces mystérieuses montagnes.

— Une autre fois, je te parlerai des orignaux géants.

— Pourquoi pas maintenant?

— Parce que nous sommes arrivés.

En effet, à l'instant même, l'autocar s'arrêtait en gare de Ramboise. Des heures s'étaient écoulées sans que je m'en rendisse compte. Marouchka descendit en vitesse et sauta dans un taxi alors que j'attendais que le conducteur veuille bien ouvrir la soute à bagages.

— Nous nous reverrons bientôt, me cria-t-elle alors que la voiture démarrait.

Mon sac récupéré, je cherchai des yeux l'hôtel Saint-Louis que m'avait recommandé Marouchka. «C'est tout à côté de la gare», m'avait-elle précisé. Je trouvai rapidement. En m'approchant, je pus déchiffrer l'inscription gravée dans la pierre du fronton:

AU PLUS DRU!

C'était probablement la devise de l'établissement.

J'avalai rapidement un sandwich au restaurant de l'hôtel, puis je montai à ma chambre. Je ressentais vivement le besoin de faire le point.

J'arpentais la pièce de long en large.

Pourquoi tout ce mystère entourant l'héritage de grand-père? Pourquoi la lettre m'avait-elle été livrée plutôt que postée? Que signifiait cette hâte de mon oncle à se débarrasser de moi? Ça ne lui ressemblait pas, pourtant.

Et cette agression par deux inconnus dans un square qui m'était familier bien que je ne me rappelais pas y être allé auparavant? Et cette devise: AU PLUS DRU! que croassait l'oiseau noir de mes rêves bien avant que mes yeux ne la déchiffrent au fronton de l'hôtel?

Je m'approchai de la fenêtre. La clarté lunaire caressait les cimes enneigées des Grandes Otish. Je songeai à maître Ablacatoff. Lui, bien sûr, aurait réponse à mes questions. Rasséréné, j'allai me coucher.

En enlevant mon pantalon, je constatai que j'avais perdu mon portefeuille. Heureusement, l'argent était toujours là, roulé, dans une autre poche.

II

Chez maître Ablacatoff

L'appartement de maître Viktor Abla-catoff occupait tout le dernier étage d'un immeuble qui en comptait six. Pas d'ascenseur. Essoufflé, je sonnai. Par l'étroite fenêtre qui éclairait le palier, je voyais deux gamins faire ricocher des cailloux plats sur l'eau d'un canal: six... sept. Mon record personnel était de cinq. Je ruminais mon dépit, lorsque la porte s'ouvrit.

C'était lui. Il ne portait pas son melon vert, mais je le reconnus à sa petite face plissée. Lui aussi me replaça.

— Bonjour! Ah! c'est vous! Sachez, mon cher, que mon parapluie est confus. Bien qu'il ne se pardonne pas de s'être ainsi allé à vous bloquer le passage, il ose espérer que vous voudrez bien l'absoudre de ce geste inconsidéré.

Se moquait-il? Ses paroles le laissaient croire, mais sa mine était d'un sérieux à rendre jaloux un directeur de banque. Je décidai de ne pas répondre. Il poursuivit dans son étrange parlure:

— Je me présente: Aloysius, à votre service. Je suis le factotum de maître Ablacatoff. Je passe sous silence mon nom de famille qui ne saurait que chagriner vos oreilles et, de toute manière, vous ne pourriez vous en souvenir. S'il vous faut absolument m'en prêter un, monsieur Gautier, utilisez celui de Factotum. Oui: Aloysius Factotum, car tel est mon état et tel était celui de mon défunt père. Le cher homme!

Encore un factotum! Et celui-ci connaissait mon nom. J'étais sidéré.

Il me fit signe d'entrer et me désigna le seul fauteuil d'une petite salle d'attente d'où partait un long corridor.

— Maître Ablacatoff vous recevra dans un instant. En attendant que je vous fasse signe, peut-être vous complairez-vous dans la contemplation des splendides petits chefs-d'œuvre qui vous font face.

Sa main droite me montrait quelques tableaux accrochés au mur pendant que, le torse courbé et tordu dans ma direction, il gagnait l'extrémité du corridor à petits pas rapides et furtifs. Là, il ouvrit une porte et disparut après m'avoir salué bien bas.

Mon regard se dirigea vers les tableaux.

Tous des Krieghoff. Et je m'y connais en Krieghoff! Apprenez que ce peintre canadien, né en Hollande, a épousé Émilie Gautier, une fille de Boucherville dont le frère est mon aïeul en ligne directe. Ma tante n'arrêtait pas de m'en parler.

Je reconnus *La Pêche au flambeau,* œuvre très sombre représentant un Amérindien, debout dans un canot, pêchant avec un trident à la lueur d'une torche. À côté: *La Ferme de l'habitant, Les Joueurs de cartes, Le Bateau à glace.* Je les connaissais tous, sauf le dernier à droite, intitulé *Soir d'automne à Rabaska.*

Ce tableau m'intrigua. Il était bien dans la manière de Krieghoff mais, chose étrange, y figurait la maison de mon oncle érigée en 1950. Or, Cornélius Krieghoff est mort en 1872.

Je me levai et m'approchai du tableau.

— Pssst!

Je cherchais la signature.

— Pssst!

Je me retournai. Tout au bout du corridor, par la porte entrebâillée, Aloysius Factotum me faisait signe de le rejoindre. À mon arrivée, il s'effaça et je pus

pénétrer dans l'étude de maître Ablacatoff.

— Soyez le bienvenu, monsieur Gautier. Approchez, je vous prie. Mes vieilles
jambes ne sauraient me porter jusqu'à
vous.

La voix me parvenait à peine plus
forte qu'un chuchotement. L'étude était
plongée dans la pénombre et il me fallut
quelques secondes avant d'apercevoir le
notaire derrière un bureau qui lui arrivait
presque à la hauteur du menton. Il était
coiffé d'un bonnet de la forme d'une mar-
mite renversée, sans anse, d'un brun
sépia.

Je traversai la longue pièce dans un
silence absolu, car le tapis était d'une
épaisseur à étouffer le martellement d'un
régiment.

Il me désigna une chaise de style
Louis quelque chose recouverte d'un vieux
brocart à tourterelles amourachées. J'y
déposai le bout des fesses. Devant mes
yeux, des grains de poussière dansaient le
long d'un rayon de soleil qui se faufilait
entre des rideaux jaune safran.

Maître Ablacatoff fixa longuement un
point entre ses mains posées bien à plat
sur son bureau. Enfin, il me regarda.

— Votre grand-père Hermas était un homme bien étrange, monsieur Gautier.

Le regard du notaire glissa le long du rayon de soleil.

— Oui, un bien étrange personnage! Figurez-vous qu'il tenait absolument à ce que vous fassiez ce long voyage pour un legs qui, j'en ai peur, vous décevra à bien des égards.

Je sentis mon cœur devenir aussi gris que le visage de maître Ablacatoff.

— Enfin! Puisque le vin est tiré, il faut le boire.

Il farfouilla un moment dans un tiroir et en sortit une longue chemise. S'y trouvait le testament, qu'il me lut dans sa totalité. Je compris que j'héritais d'un terrain, grand comme un mouchoir de poche, situé au cœur de la partie la plus sauvage des Grandes Otish. À un sou le mètre carré, cela représentait la fabuleuse somme de cinquante dollars.

— Il y a un codicille.

Maître Ablacatoff me scruta et, instruit par mon air perplexe, il poursuivit:

— Un codicille est une clause ajoutée à un testament dans le but de le modifier. Permettez que je vous donne lecture de celui-ci.

Je le lui permis.

— Hum! La concision de ce codicille n'est dépassée que par l'ampleur de ce qu'il implique. Je lis: «Le terrain cité dans le corps de ce testament ne deviendra possession de mon petit-fils Jean Gautier qu'après qu'icelui aura remplacé, au centre du cairn familial, la pierre gravée à mon nom par une autre portant le sien que mon factotum aura livrée à maître Viktor Ablacatoff.»

— C'est tout? demandai-je.

— C'est tout, mais c'est beaucoup, car voyez-vous, ce tas de cailloux d'un mètre de hauteur que votre grand-père a appelé cairn ne se dresse ni à Ramboise, ni à Mésève, ni à Rabaska, ni dans quelque autre lieu civilisé, mais plutôt sur ce tout petit terrain qu'il vous lègue à la condition que vous connaissez.

— C'est loin, fis-je?

— Hélas, oui! À plus de soixante-quinze kilomètres.

— Le transport risque de me coûter plus cher que la valeur du terrain.

Le notaire soupira.

— Si vous acceptez, ce n'est pas en dollars que vous devrez payer le transport, mais plutôt en efforts, en durs efforts. Apprenez, monsieur Gautier, qu'il n'existe aucune route carossable au sein du massif des Grandes Otish.

— Je devrais donc m'y rendre à pied!

— Oui. Comme le disait mon maître latiniste, il n'est de vrai voyage que *pedibus cum jambis.*

— La pierre est-elle lourde?

Maître Ablacatoff prit un air chagrin. Il se retourna et tira sur un gros cordon rouge anglais qui pendait entre lui et la cloison. À peine s'était-il exécuté que la porte du fond s'ouvrit.

— Aloysius, la pierre, s'il te plaît.

— Vous voulez que je l'apporte jusqu'ici!

— Oui.

Aloysius Factotum soupira et s'en fut la quérir.

— Cela risque de prendre un certain temps: la pierre est entreposée dans le hangar d'un voisin. En l'attendant, acceptez de partager mon goûter.

Il se retourna et tira sur un deuxième cordon, vert véronèse celui-là.

— J'ai bien connu votre père, monsieur Gautier.

Je sursautai.

— Un excellent homme, votre père. Et

votre mère, que j'ai eu le privilège de rencontrer à plusieurs reprises, n'avait rien à lui envier. Un couple merveilleux! Dommage que tout se soit terminé si tristement.

Il se pencha et se releva, une canne à la main. En s'y appuyant, il fit le tour de son bureau et vint s'asseoir à une petite table basse.

— Tirez votre chaise jusqu'ici. Marouchka ne saurait tarder.

Je sursautai à nouveau. Je m'approchai.

— Vous a-t-on déjà fait part des circonstances qui ont entouré la disparition de vos parents?

— On m'a dit qu'ils n'étaient pas revenus d'une excursion de pêche. Noyés, probablement.

— Hermas a voulu vous protéger. Normal, étant donné votre très jeune âge, à l'époque. Mais vous êtes un homme, maintenant. Du moins votre carrure semble l'indiquer. Si vous disposez d'une petite demi-heure, je l'emploierai à vous dévoiler quelques secrets que je suis maintenant seul à détenir puisque votre regretté grand-père nous a quittés.

J'inclinai la tête en signe d'acquies-
cement.

— Pierre Gautier, votre père, était un
peintre de grand talent. Malheureusement, il était affligé d'un défaut, mineur
sans doute, mais qui devait causer sa
perte et celle de votre mère. Et ce, en raison même du voisinage de ce défaut avec
son talent de peintre.

Maître Ablacatoff enleva son bonnet,
se gratta le sommet du crâne et se re-
coiffa. J'écoutais avec attention, car il
n'était pas facile à suivre. Où voulait-il en
venir?

— Il y a ainsi de ces substances,
reprit-il, inoffensives par elles-mêmes,
mais qui deviennent néfastes pour peu
qu'on les mêle à une autre. Avez-vous remarqué ces tableaux accrochés aux murs
de la salle d'attente?

— Des Krieghoff, répondis-je. Sauf un,
intitulé *Soir d'automne à Rabaska*.

Il prit un air amusé.

— Ah! Vous êtes perspicace, monsieur
Gautier. Vous avez su discerner ce qui
distinguait cette œuvre. Auriez-vous, à
l'image de votre père, quelque propension
à la peinture?

— J'aime dessiner, répondis-je.

— Le dessin! C'est la base. Mais revenons aux tableaux. Aucun n'est de Krieghoff. *Soir d'automne à Rabaska* est bien dans la manière de ce peintre, c'est-à-dire que le sujet est original, mais que le style est de Krieghoff; les autres sont des copies de certaines œuvres du maître. Par contre, tous sont le fruit du travail du même artiste. Et cet artiste était votre père, monsieur Gautier.

— Mon père était un faussaire?

— Que non! Tout le contraire d'un faussaire. La droiture même! Toutes ces toiles, il les a signées de son nom. Sa faiblesse était de toute autre nature.

J'entendis frapper à la porte du fond qui s'ouvrit presque aussitôt et je cillai des yeux, tant elle était belle.

Car c'était elle.

Elle entra, vêtue d'une jupe à volants couleur d'émeraude et d'un chemisier en dentelle sous une veste ajustée vieil or. Un diadème serti de lapis-lazuli ornait ses cheveux. Elle portait un plateau où reposaient une jarre de biscuits, deux petites tasses fort délicates et une sorte de bouilloire dont je sus plus tard qu'on la nomme samovar.

— Monsieur Gautier, je vous présente Marouchka, la fille d'Igor, mon fils. Elle s'apprête à participer à une fête réunissant de vieilles familles d'émigrés russes. D'où sa parure.

Marouchka déposa le plateau sur la petite table basse, fit une révérence, me cligna de l'œil et sortit. Une icône! Maître Ablacatoff versa le thé, puis reprit:

— À mon grand regret, ma santé ne me permet plus de participer à ces réunions où j'avais l'occasion de rencontrer des pairs de notre vieille noblesse. Que mon père, prince Vladimir Serguevich Ablacatoff, me le pardonne!

C'est ainsi que j'appris que Marouchka était une princesse russe.

Maître Ablacatoff toussotta et me regarda droit dans les yeux.

— Votre père, monsieur Gautier, était un fieffé joueur de poker. Il y passait souvent ses nuits. Ah! N'allez pas en conclure qu'il se serait abaissé à quelque vilenie pour se procurer l'argent nécessaire à l'assouvissement de sa passion. Il était la droiture même, je vous l'ai déjà dit. De plus, l'exercice de son art — la peinture, bien sûr — lui procurait d'abondantes ressources. Malheureusement, les amitiés nouées autour d'une table de jeu s'avèrent souvent funestes.

Il but un peu de thé et poursuivit:

— Une passion commune pour le jeu fit que Pierre Gautier et un certain Albert, dont malheureusement le nom de famille m'échappe, se rencontrèrent. Or, le dénommé Albert était un des hommes de main du *parrain* d'un gang opérant sous le nom de *Greenstone*. Bien sûr, votre père l'ignorait. Reprenez de ces petits biscuits. Ils sont exquis. Ils viennent de Russie.

J'en repris.

— Où en étais-je? Ah! oui. Je parlais de la rencontre de votre père avec un certain Albert. Celui-ci fut à même d'admirer ses tableaux. Il en parla au *parrain*, qui manifesta le désir de voir votre père. La rencontre a eu lieu il y aura douze ans demain. Vous en aviez cinq.

— C'était un Italien, demandai-je?

— Le *parrain?* Non. Que ce terme ne vous abuse pas. C'était un Canadien d'origine corse, mais il aurait tout aussi bien pu être, comme vous, de vieille souche française. Il existe des mafias autres qu'italiennes, vous savez. Mais revenons à mon récit. Malheureusement, votre grand-père, dont je tiens tous ces renseignements, prétendait ignorer le nom de cet individu. Était-ce vrai? Il l'appelait *Le Vieux*. Je soupçonne que ce *Vieux* exerçait et, peut-être exerce encore, une grande influence en politique ou au sein du monde des affaires.

— Je suppose que *Le Vieux* a demandé à mon père de peindre des tableaux dans la manière et avec la signature d'un peintre renommé et cher, et qu'il a refusé.

— Vous avez deviné en partie. Laissez-moi vous dévoiler le reste. Lors de cette rencontre, le ton monta, votre père s'échauffa et gifla *Le Vieux*. Dès lors, il était condamné, ainsi que sa famille. Si vous avez eu la chance de survivre, c'est que, probablement, *Le Vieux* ignorait votre existence. Car sa soif de vengeance n'est, paraît-il, jamais assouvie.

«J'ai l'impression qu'il ne l'ignore plus», me dis-je. Je pensais à l'incident de la petite place, à Mésève. Maître Ablacatoff croqua la moitié d'un biscuit qu'il fit passer avec un peu de thé et poursuivit sa narration.

— Votre père a pu s'échapper, momentanément du moins. Il vous a amené chez votre oncle, puis a téléphoné à votre grand-père pour le mettre au courant. Ensuite, lui et votre mère se sont enfuis, les hommes du *Vieux* à leurs trousses. Voilà, je vous ai tout dit.

— Aucune nouvelle depuis?

— Non, aucune.

— Peut-être ne sont-ils pas morts.

— C'est possible.

Maître Ablacatoff ramassa sa canne, se leva péniblement et s'en retourna s'asseoir derrière son bureau. Je repris place devant lui.

— Pourquoi ne m'a-t-on rien dit avant aujourd'hui, demandai-je?

— C'était pour vous protéger, monsieur Gautier.

Un long silence. Maître Ablacatoff regarda sa montre.

— Aloysius ne saurait tarder.

Un autre silence.

— Ah! J'oubliais. J'ai quelque chose d'autre à vous remettre.

Il ouvrit un tiroir et en sortit une petite huile non encadrée peinte sur un panneau d'aggloméré. Il me la tendit pardessus son bureau. Elle était dans la manière de Krieghoff et représentait un homme se tenant debout sur fond de paysage hivernal. Cet homme me ressemblait. Derrière lui, un champ désert descendait jusqu'à la ligne d'horizon. À droite se dressaient quelques épinettes rabougries tandis qu'à gauche des arbres de cette même essence se hissaient serrés au point de former un bois touffu. L'homme regardait à ses pieds, comme s'il fixait la devise gravée au bas du tableau: AU PLUS DRU!

Le notaire me laissa examiner l'œuvre un certain temps:

— C'est un autoportrait de votre père. Exécuté probablement d'après une photographie. Il tenait à ce qu'Hermas vous le remette, mais seulement une fois que vous fussiez devenu adulte.

— Que signifie AU PLUS DRU? lui demandai-je.

— Je l'ignore. Mais ne dirait-on pas, vu l'expression de votre père sur ce tableau, qu'il vous incite à trouver réponse à cette question?

Un bruit sourd nous parvint de derrière la porte. Maître Ablacatoff me demanda d'aller ouvrir. Sur le seuil, se tenait Aloysius Factotum. Il portait à deux mains une pierre ronde de la grosseur d'une boule de petites quilles.

— La voici, fit-il comme dans un dernier souffle.

Je l'en débarrassai. Elle devait bien peser ses quinze kilos.

Lorsque je pris congé de maître Ablacatoff, il était près de midi. Sur le trottoir, je vis Marouchka qui s'apprêtait à sauter dans un taxi. Elle me fit signe d'approcher.

— Monte! C'est sur mon chemin.

Et c'est ainsi que je rejoignis mon hôtel avec l'autoportrait de mon père sous le bras, une grosse pierre sur les genoux et une princesse russe à mes côtés.

III

Quelques jours
à Ramboise

J'ai passé les deux jours suivant ma rencontre avec maître Ablacatoff à me promener le long des canaux de Ramboise. Le temps, beau et froid, se prêtait à cette activité. Tout en marchant, je m'interrogeais sur la signification d'AU PLUS DRU! Je me questionnais également sur le bien-fondé d'une excursion dans les Grandes Otish.

Plus j'y songeais, plus il me semblait absurde d'entreprendre un tel voyage dans le seul but d'hériter d'un bien d'une valeur dérisoire. Mais n'avais-je pas un autre objectif? La clef de ce qui était arrivé à mes parents après leur disparition se trouvait peut-être là, au cœur de ce massif sauvage. Un lien pouvait exister aussi entre le cairn de grand-père et l'énigmatique devise inscrite au bas du tableau que m'avait remis le notaire.

Je ruminais ces idées, lorsque, le mercredi après-midi, j'arrivai devant l'église que Marouchka m'avait fortement recommandé de visiter au moment où notre taxi était passé devant. «C'est une réplique en miniature de la cathédrale Saint-Alexandre-Nevski de Saint-Pétersbourg», m'avait-elle dit. J'y entrai, mais je n'y demeurai que quelques minutes, car c'est là que je découvris qu'on me suivait.

Un petit homme était entré peu après moi. Il était vêtu d'un long manteau beige auquel manquait le deuxième bouton à partir du haut et il tenait à la main un parapluie de même couleur. Or, il y avait une demi-heure à peine, j'avais entrevu ce personnage à la bibliothèque municipale.

Était-ce le hasard? Possible, mais bien peu probable. Il était trois heures de l'après-midi, nous étions seuls dans l'église et, lors de mon passage à la bibliothèque, trois autres personnes seulement s'y trouvaient.

Je décidai de m'éclipser.

Mais comment?

Je remarquai une petite porte latérale, près d'une statue de la Vierge. Devant brûlaient des lampions. Je me levai, m'approchai, fit mine d'en allumer un et me jetai sur la porte qui, heureusement, s'ouvrit à mon premier effort. Elle donnait sur une allée sinueuse que bordait une double haie de cèdres. Je sprintai jusqu'à une grille que je franchis... pour me retrouver sur le parvis, près de la porte par où j'étais entré. L'individu m'y attendait.

— Monsieur Gautier?

— Oui, répondis-je, à bout de souffle.

— Je vous suis depuis la bibliothèque. Ceci vous appartient, je crois.

— Il me tendait mon portefeuille et souriait.

— Je l'ai trouvé sur le siège que vous occupiez dans l'autocar. À ma descente de celui-ci, je vous ai perdu de vue, dans la cohue. J'allais le remettre à la police lorsque j'ai eu la chance de vous apercevoir. Il s'en est fallu de peu que je perde à nouveau votre trace, car votre sortie de ce temple fut pour le moins un peu brusque. Pourriez-vous vérifier si tout y est?

Je vérifiai, le remerciai et m'en retournai à l'hôtel Saint-Louis d'un pas lent et digne.

Un message de Marouchka m'y attendait. Je me précipitai dans ma chambre et je composai le numéro indiqué.

— Bonjour! Ici Marouchka.

Sa voix coulait comme du miel.

— C'est moi, fis-je.

Je sais: la réplique n'est pas tellement brillante. Mais sur le moment, je ne trouvai rien d'autre. Elle reconnut ma voix.

— Jean, j'ai deux billets pour *Alexandre Nevski*. M'accompagnerais-tu?

— À l'église de Ramboise ou à la cathédrale de Saint-Pétersbourg?

Bien que je me trouvasse drôle, elle ne rit pas.

— C'est un film d'Eisenstein. Un chef-d'œuvre. À voir absolument, même si la pellicule est amochée par endroits.

Bien sûr, j'acceptai. En compagnie de Marouchka, j'aurais visionné avec plaisir n'importe quel documentaire des années vingt. Nous nous donnâmes rendez-vous devant le *Palais slave,* une petite salle pour cinéphiles chevronnés. À vingt heures.

Elle arriva à vingt heures vingt-cinq, mais son apparition fut à la mesure de mon attente. Elle portait un long manteau noir ajusté, une écharpe blanche en laine angora, et un millier d'étoiles brillaient dans ses cheveux, car il s'était mis à neiger.

Nous entrâmes immédiatement, car la projection commençait à vingt heures trente.

C'était un vieux film muet avec un tas de déchirures noires qui dansaient sur l'écran, mais j'ai bien aimé. Surtout la scène où les paysans, armés de piques et de faux, attendent, sur un lac gelé, l'attaque des chevaliers teutons. À ce moment-là, il y a un tel silence à l'écran que la salle a aussi peur que les paysans. Et voici que la troupe teutonique se pointe. Au début, ce n'est qu'une ligne confuse à l'horizon, mais elle grossit... jusqu'à ce qu'on puisse voir qu'elle est composée de chevaliers en armure sur leurs montures caparaçonnées et on se dit que ces pauvres paysans vont se faire massacrer. Mais voilà que la glace se brise sous le poids de cette cavalerie lourde et que bêtes et cavaliers sont engloutis. Chapeau! Eisenstein.

Après le ciné, nous sommes allés dans une crêperie. C'est là, que je lui ai tout raconté: la disparition de mes parents, la lettre de grand-père, l'attaque sur la place à Mésève, le curieux testament avec l'étrange codicille, Albert et *Le Vieux*; enfin, tout le bazar sauf, bien entendu, l'incident de l'église. Elle m'écoutait sans m'interrompre. J'ai terminé en lui faisant part de mon hésitation à entreprendre ce voyage au cœur des Grandes Otish.

— Pourrais-tu bien dormir, si tu n'y allais pas?

— Je ne crois pas.

— Alors, vas-y.

Puis, nous avons parlé du tableau que m'avait remis son grand-père. Je le lui décrivis en détail, sans oublier de mentionner la devise, AU PLUS DRU!

— Tu m'as bien dit que, sur ce tableau, ton père semble regarder la devise.

— Oui, répondis-je.

— Et que le bois d'épinettes, à droite du tableau, est clairsemé alors que celui de gauche est très dense.

— Oui.

— Connais-tu la signification de l'adjectif dru?

— À peu près.

— Ce n'est pas une réponse. On sait ou on ne sait pas. *Dru* veut dire *touffu*, *serré*. On dit d'une barbe qu'elle pousse drue lorsque les poils en sont rapprochés. Ce qui n'est pas encore le cas de la tienne.

Je me passai le revers de la main sous le menton. Encore trop lisse à mon goût. Marouchka poursuivit:

— Sur le tableau, ton père t'indique d'aller là où la forêt pousse drue. «Va au plus dru!» te dit-il.

Je me frappai le front du plat de la main. Comment n'y avais-je pas pensé?

Je raccompagnai Marouchka chez elle. Comme elle habitait tout près de la crêperie, nous fîmes le trajet à pied. Nous étions presque arrivés, et j'étais en train de lui dire combien j'aimais Ramboise, lorsque, soudain, elle m'interrompit.

— On nous suit!

Je me retournai, et ne vis personne. Je le lui dis.

— Il est disparu. Peut-être me suis-je trompée. Le gars ne nous a pas lâché d'une semelle depuis notre sortie de la crêperie.

Comme nous étions arrivés, et parce que je ne voulais pas l'inquiéter, je me contentai de rire.

De retour à l'hôtel, j'ai placé le tableau de mon père sur une commode, appuyé au mur, et je l'ai regardé jusqu'à ce que les paupières me tombent de sommeil. Je réfléchissais.

À huit heures, lorsque je me suis levé, ma décision était prise. Dès aujourd'hui, je m'attaquerais aux préparatifs de ma conquête des Grandes Otish. Je fis ma toilette, puis j'appelai Marouchka pour lui annoncer la nouvelle.

— Bonne chance! Téléphone-moi lorsque tu seras revenu.

— Je ne pars que lundi. Ne pourrions-nous pas nous revoir avant?

Elle garda silence un moment.

— Que dirais-tu d'une promenade en péniche?

— En novembre?

— Tu n'auras qu'à t'habiller chaudement. Samedi, mon oncle Nikolaï ramène la sienne à son port d'attache, au lac Onikagan. C'est au cœur du plateau. Nous reviendrons dans sa voiture. Ça va prendre la journée, car c'est loin.

Bien sûr, j'acceptai. Nous convîmes que je la prendrais à neuf heures, chez elle. Elle raccrocha et je m'empressai d'aller déjeuner. Lors de mes déambulations dans Ramboise, j'avais répéré un magasin de matériel de camping et je voulais m'y pointer dès l'ouverture, avant qu'il y ait cohue.

J'y arrivai juste au moment où un vieux monsieur relevait le rideau de fer. À sa suite, j'entrai dans le magasin et je choisis, parmi les trois vendeurs présents, celui qui paraissait le plus compétent.

— Vous y connaissez-vous en camping? lui demandai-je.

— Et comment! Je campe depuis l'âge où je n'étais pas plus haut que ça.

Comme c'était une grande asperge, il dut plier les genoux pour m'indiquer à quel point il était petit alors. À deux pieds du sol, sa main s'agitait de droite à gauche, comme s'il flattait un chien invisible.

— Et en camping d'hiver? Dans la neige?

— Chaque année, en saison froide, je m'enfonce en forêt avec un vieil ami, un authentique autochtone, et nous trappons durant une semaine, couchant à la dure, quelle que soit la température.

Je compris que j'avais affaire à un expert. Je lui fis part de mon intention de pénétrer au sein du massif des Grandes Otish et d'y passer au moins toute la prochaine semaine.

— Fichtre! siffla-t-il sur un ton admiratif. Tu es entreprenant, mon garçon. Ta présence ici me signale ton désir de t'équiper en conséquence. Ai-je raison?

— Oui, lui avouai-je.

— Viens!

À sa suite, je montai à l'étage où se trouvait l'équipement coûteux pour amateurs sérieux.

Je me procurai des vêtements appropriés, dont de superbes knickerbockers en velours côtelé épais d'un doigt, des aliments déshydratés et une quincaillerie hétéroclite allant de la boussole aux crampons, sans oublier les raquettes ni le piolet.

L'expert tenait à la main une petite calculatrice, et ses doigts prestes ne cessaient pratiquement pas d'y pianoter des nombres impressionnants. Il allait me proposer je ne sais quoi d'autre lorsque je l'arrêtai.

— J'ai besoin d'un sac de couchage.

— Ah oui! La literie.

Il me conduisit au rayon approprié. Il y avait là des sacs de prix divers, mais seuls deux convenaient, étant donné les températures que j'aurais à affronter. Leur prix, fabuleux, dépassait largement mes moyens. Découragé, je le dis au vendeur.

— Qu'à cela ne tienne! Tu n'as qu'à suivre la méthode amérindienne. C'est ce que mon vieil ami et moi faisons toujours.

Ça ne te coûtera que quelques dollars. Je vais t'en faire la démonstration.

Il ouvrit un placard et en sortit un gros rouleau de tissu haut de près de deux mètres. Il le déposa sur le sol, face au comptoir.

— Ouf! C'est du coton jaune. Bon marché, mais solide. À ta carrure, je juge que ça prend six mètres, plus deux pour les pieds.

Il tailla dans la pièce deux morceaux aux dimensions précitées. Il étendit le plus long sur le sol et s'assit dessus, près d'une de ses extrémités. Du morceau le plus court, il fit une sorte de sac dans lequel il plongea les pieds et qu'il s'assujettit autour des chevilles à l'aide d'une cordelette.

— Maintenant, regarde bien. Tout est dans la manière.

Il se coucha sur le dos en travers de la pièce. Le tissu lui arrivait aux épaules. Il prit une de ses extrémités, la maintint sur sa poitrine, se balança un instant de gauche à droite et... pfuit! Le voilà rendu à l'autre bout du tissu, toujours sur le dos, emmaillotté comme une momie. J'étais émerveillé.

— Tu as vu? Pfuit! Maintenant, place

ton pied sur le coin qui dépasse, près de mon épaule droite. Un peu plus haut. C'est ça!

Comme ses bras étaient emprisonnés, il n'avait que la parole et les yeux pour orienter mes gestes. Il se balança à nouveau et, encore une fois... pfuit! Le voilà sorti du tissu. Il roula encore deux ou trois fois sur lui-même et défit la cordelette qui entravait ses chevilles. Enfin, il se releva en s'époussettant.

— Cinq dollars! La cordelette, je te l'accorde en prime, vu l'importance de tes achats. Dans quoi mettrons-nous tout ça?

— Comment? fis-je. Je ne comprenais pas.

— Tu ne vas quand même pas te balader dans les Grandes Otish avec tout ce matériel sur les bras. Il te faut un sac à dos à la mesure de ton entreprise.

J'acquiesçai.

— Je n'en vois qu'un dans lequel nous pourrons tout fourrer. Et encore! Il s'agit de notre *Super Himalaya Spécial* à armature renforcée. J'espère que tu n'as rien d'autre à transporter.

— J'ai peur que oui.

— Est-ce volumineux?

— Pas trop: de la grosseur d'une boule

49

de petites quilles. Mais ça pèse dans les quinze kilos.

— Si petit et si lourd! Je ne te demande pas de me dévoiler la nature de cet objet bizarre, mais, au cas où ce serait un caillou, apprends que les Grandes Otish n'en manquent pas. Ha! ha! ha! Tu auras intérêt à bien l'arrimer, au sommet et au centre de la charge. Il faudra aussi fixer une courroie frontale à ton sac.

Et de m'expliquer comment nos ancêtres, les *voyageurs,* soulageaient leur dos du poids des ballots de fourrure à l'aide de leur tête et des muscles de leur cou.

Le sac à dos fut mon dernier achat.

En fin d'avant-midi, je sortais du magasin avec, sur le dos, une charge à écraser un chameau. Par contre, l'argent, dans ma poche, ne formait plus qu'un tout petit rouleau.

IV

À bord de *La Volga*

Tout près de l'église Saint-Alexandre-Nevski, *La Volga* tirait sur ses amarres. Nous étions en novembre, mais il faisait beau et chaud comme au début d'octobre.

Sur le pont de la péniche, le capitaine Nikolaï Konstantinovitch Ablacatoff, faisait les cent pas. C'était un vrai capitaine il portait une barbe, fumait la pipe et possédait des yeux capables de repérer une chenille à poil sur une feuille à plus d'un kilomètre. Il attendait sa nièce, Marouchka, ainsi que l'élégant jeune homme qui devait l'accompagner.

Il nous aperçut alors que nous tournions l'angle de l'église. Nos corps étaient élégamment acoutrés alors que nos nez étaient chaussés de verres fumés.

— Par tous les tzars! Que voilà de chics passagers! Montez. Nous appareillerons dès l'arrivée d'Aloysius.

Sur ces entrefaites, le factotum arriva: pantalon de marin, chandail de marin, béret. Il marchait à tout petits pas rapides et peinait sous le poid de deux glacières portatives. Il les déposa sur le pont, nous salua bien bas, à sa manière, puis il courut larguer les amarres. Ceci fait, il mit le moteur en marche et trotta jusqu'à la barre. La péniche amorça son glissement le long du canal.

Vingt minutes plus tard, nous avions laissé Ramboise derrière nous. De chaque côté de l'embarcation, à hauteur des yeux, car l'eau était basse, défilaient des étendues d'herbe jaunie entrecoupées de quelques maigres bosquets. Les vrais arbres étaient rares, toujours solitaires.

De tout l'avant-midi, nous ne vîmes âme qui vive.

L'oncle Nikolaï tenait compagnie à Aloysius, toujours à la barre, alors que Marouchka et moi partagions un banc à l'avant de la péniche. Nous causions peu. Hors nos brefs échanges, le silence n'était meublé que par le bruit du moteur et le croassement des corneilles. Elles arrivaient par bandes, nombreuses, rasaient les champs et repartaient. Et ces taches noires, entre le vieil or de la terre et l'azur profond du ciel, rappelaient le fameux tableau de Vincent Van Gogh, *Champ de blé aux corbeaux.*

— Raconte-moi l'histoire des orignaux géants.

Les horizons lointains, l'immensité du ciel, les corneilles: je commençais à m'ennuyer drôlement.

— Ce n'est pas une histoire.

— C'est une légende alors.

— Non. Ils existent réellement.

— Au cœur des Grandes Otish?

— Oui.

Impossible! J'en étais sûr. Les orignaux ont besoin de nénuphars comme l'homme de pain. Là où ne pousse pas le nénuphar, ne brame pas l'orignal. Un biologiste de renom l'avait déclaré à la télévision. Or, le climat des Grandes Otish ne se prête pas du tout à la croissance de cette plante délicate, aussi nommée lis d'eau.

Je dis tout ça à Marouchka. Ses yeux m'annonçaient qu'elle allait me répondre vertement, lorsque son oncle nous héla.

— Nous arrivons au bras mort. Il faut sonder.

Je regardai autour. Nous étions sortis du canal. L'étendue d'eau qui nous entourait avait des allures de marais. Marouchka me tendit un long bâton à encoches numérotées.

— Ce sont des centimètres, me dit-elle.

Je m'installai côté tribord, Marouchka se tint à babord. Le moteur tournait au ralenti de sorte que la péniche avançait à peine. Je plongeai ma perche dans l'eau.

— Cent vingt-cinq! clamai-je.

— Cent quinze! rétorqua Marouchka.

— Dis plutôt quatre-vingt-quinze!

— Je relance à quatre-vingt!

— Cessez de jouer! hurla l'oncle Nikolaï.

— Soixante-quinze! répondis-je.

— Non! Soixante-dix!

— Stop!

Le bruit du glissement de la chaîne de l'ancre remplaça celui du moteur. *La Volga* glissa un moment sur son erre, puis s'arrêta dans un silence absolu.

— Croa! crailla une corneille à l'oncle Nikolaï.

— Croa toi-même! lui répondit l'oncle.

Puis, s'adressant à nous:

— Je vais aider Marouchka à préparer le dîner pendant que son ami et Aloysius iront chercher de l'eau potable.

Le capitaine ayant commandé, il n'y avait plus qu'à obtempérer.

Aloysius gonfla le canot pneumatique et le lança à l'eau. Je sautai dedans et plaçai les rames dans les toletières.

— Laissez-moi ramer, jeune homme.

— C'est à moi de le faire, répondis-je. Je suis le plus jeune.

— J'insiste.

Là-dessus, il s'assit et saisit les avirons. Je n'avais d'autre choix que de m'installer à l'arrière.

Aloysius ramait avec vigueur et dirigeait l'embarcation avec aisance dans le labyrinthe des eaux libres. N'ayant rien d'autre à faire, je décidai d'entamer la conversation.

— Avez-vous toujours été factotum, Aloysius?

— À la fin de mes études secondaires, je suis entré au service de votre grand-père Hermas, à qui j'ai obéi jusqu'à sa mort. Il m'a légué à maître Ablacatoff que je sers depuis. À l'occasion, je travaille aussi pour ses fils.

— Il vous a légué?

— C'est une façon de parler. Disons que j'ai été confié à maître Ablacatoff.

Nous avions perdu *La Volga* de vue. Le canot filait rapidement, propulsé adroitement par ce tout petit bonhomme qui me fascinait de plus en plus. Son comportement était souvent risible, il était bourré de tics et, pourtant, quelque chose émanait de lui qui commandait le respect. Allez savoir quoi!

— C'est quoi, au juste, un factotum?

— C'est un homme à tout faire: secrétaire, livreur, chauffeur, valet, pilote de péniche à l'occasion. Il peut même être amené à gérer de grands biens. Ça dépend de son patron.

— Avez-vous déjà essayé de vous trouver un autre emploi?

— Pourquoi?

— Pour être plus libre; vous réaliser.

— Mais c'est librement que j'accepte mon état. Personne ne me force à rester factotum. Me réaliser, dites-vous? Mais je ne suis qu'un brin d'herbe. Pourquoi chercherais-je à atteindre la hauteur d'un chêne?

— Vos ambitions sont très limitées.

— Dites plutôt qu'elles sont grandes. Je désire devenir un excellent factotum et, croyez-moi, ce n'est pas facile. Ah! Voici la berge. La source n'est pas loin.

Le canot fut amarré à l'aide d'une pierre. À la suite d'Aloysius, je gravis le talus riverain et débouchai sur une steppe. Rien que de l'herbe jaunie, sauf une petite route goudronnée à droite et une sorte de manoir, loin devant. Ni arbre, ni arbuste. Au bord de la route, était stationnée une longue voiture noire. Un chauffeur en livrée y était appuyé.

— C'est la villa Cucuruzzu, me dit Aloysius en pointant le manoir du doigt. Elle est habitée par un vieil original. Très riche.

Nous avancions en direction de la route. Nos pieds soulevaient des petits nuages de poussière, car le sol était sec.

— J'espère que la source n'est pas tarie, murmura mon compagnon comme pour lui-même. Bien sûr, c'est lui qui portait les bidons.

Soudain, notre progression fut arrêtée par un chemin creux et étroit. J'y sautai derrière Aloysius. Il y faisait assez sombre. Nous le suivîmes sur une centaine de mètres, jusqu'à un tournant au-delà duquel surgissait la source. L'eau sortait du roc par un tuyau et tombait dans une vasque de calcaire.

Nous n'étions plus seuls.

Des femmes — j'en comptai douze — formaient une chaîne qui, de la source, s'étirait jusqu'en haut du talus, un peu plus loin. Elles se passaient des bidons que la première remplissait à la vasque. Et c'était un bien étrange spectacle, car elles étaient toutes vêtues de noir et coiffées d'un châle de même couleur.

Assis sur nos jerrycans, Aloysius et moi attendîmes qu'elles aient terminé. Tout à leur occupation, elles ne nous prêtaient aucunement attention.

— Pourquoi sommes-nous ici?

La question avait été posée par la première femme de la chaîne à celle qui puisait.

— Monsieur Pasquale est très malade, répondit celle-ci.

— Monsieur Pasquale est malade, dit la première dame de la chaîne à la deuxième en lui tendant un bidon.

— Le vieux Pasquale est malade, dit la deuxième à la troisième.

— Le Vieux est malade.

C'était la quatrième à la cinquième. Ainsi, l'information accompagna le bidon jusqu'en haut du talus.

— Il est si malade que j'ai écrit un vocero, dit celle qui puisait.

— Je ne te savais pas voceratrice, lui répondit la première de la chaîne.

Puis, se retournant vers les autres et pointant sa voisine du doigt, elle leur dit:

— Elle a écrit un vocero!

— Aaahh! gémirent les autres femmes, en se couvrant la figure de leurs mains.

Quelques minutes plus tard, elles étaient toutes remontées sur le talus et nous pûmes, à notre tour, remplir nos bidons.

Sur le chemin du retour, je questionnai Aloysius sur la signification de *vocero*.

— C'est une sorte de chant funèbre exécuté par des pleureuses, me répondit-il.

— C'est un mot italien?

— Je ne connais pas l'italien. *Vocero* est bien français. Le mot est dans le dictionnaire. Plus précisément, c'est un terme corse. Tiens! Voici *La Volga*.

En effet, elle était là, droit devant nous. Une épaisse fumée s'en échappait.

— Il y a le feu à bord! m'écriai-je.

— Non. C'est le capitaine Nikolaï qui, encore une fois, aura mis trop d'huile dans la poêle à frire.

Il avait raison: au même moment nous parvenait une odeur de steaks brûlés.

— Les steaks sont brûlés, m'annonça Marouchka, à peine avais-je posé un pied sur le pont.

— C'est parce que ton oncle a versé trop d'huile dans la poêle à frire.

— Comment as-tu pu deviner?

— C'est mon petit doigt, répondis-je en le lui agitant sous le nez.

Je lui entourai les épaules du bras et nous passâmes à table. En l'occurrence, elle avait été dressée sur le rouf.

Le repas fut exquis.

Je sais: les steaks étaient brûlés et les frites presque froides à cause du temps perdu à regarder les femmes en noir, et Aloysius avait oublié le dessert. Mais il y avait Marouchka et ce petit vin de Géorgie pas piqué des vers.

Exquis, je vous dis.

Après souper, je fis un brin de causette avec le capitaine. Grâce à un honnête tirage au sort, Marouchka s'était vu attribuer la corvée de vaisselle et Aloysius avait offert de l'aider.

Nous étions à la poupe, appuyés au bastingage. Ça sentait bon le tabac de Bakou dont l'oncle bourrait sa pipe. Je m'y connais peu en tabac, mais j'avais vu le paquet.

— Elles sont plus libres que nous, dit le capitaine.

— Qui? fis-je.

J'étais distrait; je pensais à Marouchka.

— Les corneilles!

— Ah oui! Elles peuvent voler.

— Nous aussi, mais c'est pas pareil.

Comme j'avais intérêt à paraître brillant à ses yeux, je fis un effort pour hausser la conversation à un niveau plus philosophique.

— Il y a des gens qui préfèrent l'esclavage à la liberté.

— Si tu en connais, présente-les moi. J'ai cinquante-sept ans et je n'en ai encore jamais rencontré.

«Un vrai bourgeois!» pensai-je. D'ascendance noble, en plus. Quelqu'un est là, à côté de lui, qui le sert à longueur de journée et il ne s'en aperçoit même pas.»

Il se tourna vers moi.

— Faisais-tu allusion à Aloysius?

— Oui.

— C'est la personne la plus affranchie que je connaisse.

— Vous dites affranchie! Mais il ne cesse d'obéir à tout à chacun! «Aloysius, viens ici!», et il vient; «Aloysius, va là!», et il y va; «Aloysius, fais ceci ou cela!», et il le fait. Vous appelez ça être affranchi!

J'étais révolté. L'oncle sourit.

— Aloysius est un homme de principe. Il n'obéit pas par crainte, mais parce qu'il en a décidé ainsi. Crois-moi, il fait ce qu'il veut. Il est maître de ses impulsions et de ses passions. J'aimerais être libre comme lui.

J'allais rétorquer, lorsque je reçus un chiffon mouillé dans le cou. Marouchka avait terminé.

— Allons! Il est temps d'appareiller, annonça l'oncle Nikolaï.

Aloysius leva l'ancre, mit le moteur en marche et courut à la barre. Marouchka et moi reprîmes nos perches. Nous dûmes encore sonder pendant un certain temps, puis la profondeur s'accrut régulièrement.

Nous étions arrivés au lac Onikagan.

Il était beaucoup plus vaste que je l'avais imaginé; à peine mes yeux percevaient-ils la rive d'en face. Plus près, défilait le même paysage désolé que n'animait plus le vol des corneilles, car elles avaient disparu. À droite, dans le lointain, je crus distinguer la villa Cucuruzzu.

Aloysius garda le même cap pendant une bonne demi-heure, puis il poussa la barre à fond. La péniche vira sur sa droite, en direction d'une marina où se balançaient quelques embarcations à voile. C'était à peine une minute avant le drame, que rien ne laissait prévoir.

— Une embarcation se dirige vers nous, me dit Marouchka.

Nous nous tenions à la proue, assis sur notre banc. Je dus me retourner, car son doigt pointait vers le large. C'était un hors-bord et il grossissait à vue d'œil. Il devait filer à une vitesse folle.

— Dis plutôt qu'il fonce sur nous!

Nous nous levâmes.

— Mais c'est un fou! cria l'oncle Nikolaï, au moment où l'embarcation allait nous éperonner.

Ce qu'elle ne fit pas, car son conducteur, à la dernière seconde, la fit virer bout pour bout. Une masse d'eau s'abattit sur le pont de la péniche au moment où le deuxième occupant du hors-bord lançait quelque chose dans notre direction. Je crus reconnaître un de mes assaillants de Mésève.

Le projectile tomba sur le pont et je vis que c'était une grenade. Elle roulait dans notre direction. Incapable de faire un geste, paralysé de peur, je la regardais s'approcher. On aurait dit que le temps s'était arrêté. Marouchka se tenait à mes côtés, aussi pétrifiée que moi.

Alors, comme dans un film tournant au ralenti, je vis Aloysius quitter la barre, courir vers la grenade, la saisir et la lancer à l'eau, loin de la péniche.

Oh! Comme j'aurais aimé avoir agi ainsi. Mais j'en avais été incapable. De nous deux, je le voyais maintenant, c'était bien Aloysius qui était le plus libre. Le petit brin d'herbe se balançait à des hauteurs que je n'avais su atteindre.

Cependant, cette réflexion, je me la fis un peu plus tard, car l'heure n'était pas à la cogitation. Pendant qu'Aloysius nous débarrassait de la grenade, l'oncle avait pris la barre et mis pleins gaz. *La Volga* se hâta vers l'abri du petit port avec toute la célérité dont elle était capable.

Quelques minutes plus tard, nous y étions.

— Quelqu'un aurait-il une explication pour ce qui vient d'arriver, demanda l'oncle?

Je lui racontai tout.

— Tu vas prendre le prochain autocar pour Rabaska, m'intima-t-il.

— Non. Je veux accomplir la volonté de mon grand-père.

— Alors Aloysius va t'accompagner.

Je refusai. J'avais décidé, librement, d'affronter seul mon destin. Dans la voiture qui nous ramenait à Ramboise, j'annonçai à Marouchka que je partirais cette nuit même. Je craignais d'être suivi.

— Tu fais bien. Sois prudent. Quand penses-tu revenir?

— Je ne le sais pas.

L'oncle me déposa à l'hôtel. À la réception, je payai ma note. Je dis que je retournais à Rabaska. Je voulais brouiller ma piste.

V

Cho Oyu

Trois heures du matin.

J'ajustai la courroie frontale afin de bien équilibrer ma charge, puis je me mis en route. Trente kilomètres jusqu'à l'ashram! Ça n'allait pas être facile; d'autant moins que le sentier pointait presque toujours vers le ciel.

Peu après mon retour à l'hôtel, j'avais appelé la compagnie de taxi.

— C'est pour cette nuit, à deux heures, avais-je précisé. Je suis à l'hôtel Saint-Louis.

— Vous allez où?

— À Saint-Raymond.

— Chez qui?

— Chez personne.

— J'espère que vous savez que c'est le bout du monde. Il n'y a pas d'hôtel à Saint-Raymond. Ni plus loin. La route s'arrête là. Mais enfin! Vous êtes le client.

— Je le sais. Et procurez-moi une carte des Grandes Otish; aussi détaillée que possible.

— Nous ferons de notre mieux.

Le mieux s'était incarné en ce vieux plan imprécis et racorni que m'avait remis le chauffeur de taxi.

— Je l'ai trouvé chez mon beau-frère. Il en demande cinq dollars.

Enfin! C'était mieux que rien. C'est en le consultant que j'avais découvert cette sorte de monastère, l'ashram de Cho Oyu. J'avais décidé d'y coucher. La méthode amérindienne? Plus tard!

Donc, j'avais pris un sentier au bout de la rue principale de Saint-Raymond. Mais, pour ce faire, il m'avait fallu passer sous une sorte d'arche en bois rond qui supportait une inscription. J'y avais promené le faisceau de ma lampe.

ATTENTION!

**POUR CORPS ROBUSTES
ET ÂMES FORTES SEULEMENT!**

**VOUS QUI PASSEZ CE SEUIL SACHEZ
QUE NUL SECOURS NE VOUS SERA PORTÉ
EN CAS DE DÉTRESSE.**

La municipalité de Saint-Raymond

Au moins, on était averti.

J'étais inquiet, mais pour une autre raison. Le chauffeur de taxi ou son beau-frère avait pu parler de ce client farfelu et de son étrange destination. Et si l'information était parvenue aux oreilles de mes ennemis? Serais-je poursuivi jusque dans le massif? Je chassai cette idée et je me concentrai sur le parcours. J'aviserais en temps et lieu, si nécessaire.

Je marchai trois heures durant. Le sentier s'élevait au sein d'une épaisse forêt de conifères. Je cheminais lentement, à tout petits pas, car je savais devoir ménager mes forces. Pas de lune. Je dus donc utiliser ma lampe de poche. Son faisceau était fort pâlot lorsque les premières lueurs de l'aube vinrent éclaircir le ciel.

Le soleil se leva derrière mon dos, au-dessus de la forêt dont je venais de sortir. Son apparition coïncida avec mon arrivée dans la région des collines. Large d'une dizaine de kilomètres, elle assure la transition entre le plateau de Saint-Augustin et le massif proprement dit.

Ça se fit rapidement, comme un lever de rideau, mais à l'envers, pour ainsi dire; comme si on le descendait peu à peu et qu'il disparaissait dans une fente du sol.

Tout d'abord se sont dessinées les cimes lointaines et majestueuses, toutes enneigées, colorées de rose. Puis, les contreforts se sont éclairés; les hautes collines ensuite et enfin, celles, plus modestes, où je cheminais. C'était comme si la lumière et moi marchions l'un vers l'autre.

Impressionnant!

Je m'arrêtai pour déjeuner. J'avais faim, j'étais fatigué, mais, surtout, je voulais regarder. Je mangeai du fromage et du chocolat pur puis, appuyé sur mon sac, je m'abîmai en contemplation durant près d'une heure.

Je repartis.

J'avais repéré la ligne de cairns, un tas de cailloux tous les cinquante mètres, qui allait me guider jusqu'à l'ashram, maintenant que j'avançais en aire ouverte. Je marchai ainsi, d'un tas de cailloux à l'autre, tout l'avant-midi. Aussi loin que le regard portait, ni arbre, ni chat, ni humain. Toutefois, un gros hélicoptère me survola à deux reprises.

Vers midi, j'atteignis une sorte de mare pompeusement baptisée *Lac des Nuages* sur ma carte. Il n'y avait pas plus d'eau là-dedans que dans une piscine. J'allais m'installer pour dîner, lorsque je les aperçus. Et je sus que quelqu'un avait parlé.

J'en comptai huit, tous armés d'une carabine. Ils formaient un demi-cercle et descendaient vers moi à partir des hauteurs qui dominaient le lac. Malgré la distance, je crus reconnaître parmi eux Bogart et Bogart.

J'étais assis sur mon sac qu'ils ne pouvaient voir, car seule ma tête dépassait d'un gros bloc. Vite, je me jetai à genoux et poussai mon sac dans une petite dépression, tout à côté. Je le recouvris de quelques pierres.

À nouveau, j'entendis le bruit des pales de l'hélicoptère.

Sans même regarder derrière moi, je fonçai vers un petit col qui me faisait face. Si la carte ne mentait pas, le monastère se trouvait tout juste de l'autre côté.

Il y était bien, mais malheureusement fort loin devant. Par contre, tout près, à la queue leu leu, déambulaient une vingtaine de moines, capuchon relevé. Je me précipitai au milieu d'eux.

— On me poursuit! Sauvez-moi!

Ils s'arrêtèrent. L'un d'entre eux enleva sa bure et me la tendit. Dessous, il portait un pull et un short de boxeur.

— Mets ça!

— Mais vous? fis-je.

— Ce n'est pas moi qu'on poursuit.

Et voilà qu'il se détache du groupe et qu'il se met à trotter dans la direction d'où je venais, comme s'il faisait son jogging.

Vite, j'enfilai la bure. Il était temps. Déjà, un à un, mes poursuivants arrivaient au sommet du col. Ils entourèrent mon sauveteur et je vis celui-ci faire force gestes en direction d'un petit vallon.

Les hommes se dirigèrent vers le vallon.

Quant à moi, les jambes un peu molles, faux moine en compagnie d'une vingtaine de vrais, je descendis pieusement vers l'ashram.

Mais je n'étais pas au bout de mes peines.

Nous étions presque arrivés, lorsque l'hélico nous survola encore. Il se dirigeait vers le vallon où je le vis descendre. Il en remonta bientôt, passa encore une fois au-dessus de nos têtes et se posa entre nous et l'ashram.

Les hommes armés en descendirent et je vis que Bogart et Bogart étaient parmi eux. Ils se placèrent de telle manière que, pour gagner le monastère, il fallait passer entre eux, presque à les frôler. Je rentrai la tête tout au fond de mon capuchon.

— Enlève tes verres fumés ! Un moine avec des verres fumés! Voyons! Et à effet miroir, en plus!

Ça venait de celui qui me suivait. Ce que je pouvais être bête! Malheureusement, il était trop tard. Nous étions maintenant trop près pour que je puisse les ôter sans me faire remarquer. Mon compagnon le comprit également.

— Je dirai que tu es aveugle et je te parlerai en latin. Réponds-moi dans la même langue, ça va les impressionner.

Croyait-il que je fréquentais un collège privé?

Vint notre tour. Mon collègue moine me tenait la main.

— Cécité des neiges, dit-il, en pointant son menton dans ma direction.

Puis, s'adressant à moi:

— *De viris illustribus urbis romae.*

— *Pedibus cum jambis,* répondis-je.

Je venais de me rappeler la citation de maître Ablacatoff.

— *Ora pro nobis,* ricana un des hommes.

Et ils nous laissèrent passer. Le soir venu, deux moines allèrent récupérer mon sac. On m'assigna une cellule et je dormis. Longtemps.

* * *

Je résidai dix jours à l'ashram. J'étais épuisé, j'avais des ampoules aux pieds, la courroie frontale m'avait donné le torticolis et, je l'avoue, j'éprouvais une peur bleue rien qu'à l'idée de mettre le nez dehors. L'hélico n'était pas revenu, mais il n'était pas exclu que les hommes armés rôdassent toujours dans les environs. J'avais les nerfs à fleur de peau. Un moine faisait-il claquer ses sandales que je sursautais. Bref, j'avais besoin de repos et j'en pris.

Car l'endroit était d'un calme!

Pas de télé, bien sûr. Pas plus que de journaux, de magnétophone ou de téléphone. En fait, il n'y avait rien de ce qui fonctionne à l'électricité. Des torches fumeuses éclairaient cellules et couloirs. Peut-être y avait-il le chauffage, mais ça ne se sentait pas.

Et la musique? me demanderez-vous. Peut-on vivre sans musique?

Les moines en faisaient avec leur bouche. Ils chantaient souvent, mais toujours à cappella et en grégorien, car malgré l'appellation exotique du monastère, ils étaient d'obédience catholique.

Par contre, les livres ne manquaient pas. Il y en avait des dizaines de milliers, les deux tiers rédigés en latin, en grec ou en araméen. L'autre tiers? Français. Mais lorsqu'on essayait de comprendre, c'était comme de l'araméen.

Pourtant, je ne me suis pas ennuyé. Je me reposais, et puis il y avait les récréations et mes longues conversations avec le père abbé. C'était lui, l'amateur de jogging en petite tenue. Je vous parle en premier des récréations.

Chaque jour, avant les deux principaux repas, une période de trente minutes était consacrée à la détente. Alors, les moines et moi formions deux équipes qui s'affrontaient dans une partie d'*araîchcaoëtte*.

L'*araîchcaoëtte* — personne ne put me renseigner sur l'origine de ce terme — tient à la fois du soccer et du rugby en ce qu'on y emploie un ballon rond et qu'on peut aussi bien y utiliser ses mains que ses pieds. Ceci dit, les règles sont en gros celles du soccer. Banal, me direz-vous? Attendez! Le ballon fait près d'un mètre de diamètre pour un poids de cinq kilos.

Quel que fut le temps, l'*araîchcaoëtte* se jouait à l'extérieur, dans le préau.

Épuisant! Surtout lorsqu'on joue avec et contre des hommes bridés à longueur d'année. La permission leur étant donnée de libérer leur énergie durant quelques minutes, ils ne s'en privaient pas. Le frère infirmier gagnait sa pitance.

Des conversations que je tins avec le père abbé, je vous parlerai de la dernière. C'était la veille de mon départ de l'ashram.

Il neigeait.

Le père était sorti accomplir quelque corvée, je ne sais laquelle, et il revint juste au moment où je passais devant le vestibule.

— Que dirais-tu d'une petite camomille? m'offrit-il tout en frottant ses pieds nus sur le paillasson.

— Vous allez pieds nus par ce temps! m'écriai-je.

Il les glissa, rouges et racornis, dans ses sandales.

— Oh! Question d'habitude.

Nous passâmes à la cuisine où un frère nous servit la tisane. Assis à une longue table, nous nous faisions face.

— Pourquoi le monastère se nomme-t-il Cho Oyu? lui demandai-je pour amorcer la conversation.

— C'est du tibétain. Ça veut dire *déesse de la Turquoise*. Le Cho Oyu est un des plus hauts pics de l'Himalaya. Il culmine à 8153 mètres. Nous avons choisi ce nom dans un esprit œcuménique, en hommage à nos frères bouddhistes qui prient dans les lamaseries. C'est pour cette même raison que nous préférons utiliser le terme ashram.

— Pourtant, vous ne croyez pas au même Dieu.

L'abbé sourit.

— Comme il n'y a qu'un Dieu, mon fils, il faut bien que ce soit le même. C'est sur sa transcendance que nous ne nous entendons pas tout à fait. Mais laissons ces graves problèmes aux théologiens. Tu me rappelles quelqu'un.

Il but une gorgée de camomille puis, comme pour lui-même:

— Il y a de ça une bonne douzaine d'années. Je me souviens. Il neigeait, comme aujourd'hui. Un homme et sa compagne. Nous les avons hébergés tout l'hiver. Au printemps, ils ont pris la direction des Grandes Otish. Je ne sais ce qu'ils sont devenus.

— C'étaient mes parents.

Je lui racontai mon histoire.

— Peut-être vivent-ils encore, dis-je en terminant.

— Je serais porté à le croire. Sinon, pourquoi Dieu t'aurait-il guidé sur leurs traces?

* * *

Je quittai l'ashram le lendemain, peu avant midi. J'avais chaussé les raquettes, car la neige était abondante. Après quelques minutes d'effort, je me retournai et contemplai une dernière fois le monastère. Ses vieilles murailles dominaient le paysage désolé et me rappelaient la dimension verticale de l'homme.

Soudain, de ces hauts murs, me parvinrent des hurlements épouvantables. Je consultai ma montre: les moines jouaient à l'*araîchcaoëtte*.

VI

Thabor

Depuis quelques minutes, la pente s'était redressée au point que mes raquettes gênaient ma progression. Je les enlevai ainsi que les mocassins et chaussai les bottes de montagne. Je fis quelques pas; la neige avait la compacité idéale. Un bon coup du bout de la semelle et se formait une marche assez solide pour supporter mon poids et celui du sac.

Je pus ainsi progresser, lentement mais régulièrement, jusqu'au milieu de l'après-midi. Je me dirigeais sur un petit gendarme rocheux qui se dressait le long d'une ligne droite idéale reliant l'ashram au cairn familial. Le testament situait celui-ci à 71° 04' 33" sur la longitude ouest, par 52° 43' 10" de latitude Nord. Je progressais selon un azimut de 315 degrés.

Autour de quatorze heures, la pente se redressa encore plus. Je sortis le piolet et fixai les crampons à mes bottes.

Heureusement, mes chevilles et mes poignets n'eurent pas à subir trop long-temps un effort pour lequel ils n'étaient pas entraînés, car dès quinze heures, j'avais contourné le gendarme et je débou-chais sur un haut plateau. Altitude approximative: deux mille mètres. Devant moi, à deux ou trois kilomètres tout au plus, devait se trouver le cairn du grand-père Hermas.

Je l'aurais certainement atteint le même jour, n'eût été la tempête qui sou-dain m'assaillit. Tout à mon effort, je ne m'étais pas inquiété de ce que le ciel se couvrît graduellement de nimbus inquié-tants.

Il neigeait dru maintenant et le vent, qui m'arrivait de face, m'aurait, je crois, jeté par terre, si je n'avais porté un sac lesté d'une pierre.

Ç'aurait été folie que de continuer.

Je croquai un morceau de chocolat, puis je me mis en peine de dérouler ma pièce de coton jaune. La surface de neige durcie se prêtait à un test de la méthode amérindienne.

Je fis ce que le vendeur expert m'avait recommandé, mais j'améliorai la techni-que: je mis ma pierre sur un des coins de la pièce de coton. J'étais seul. «Qui donc posera son pied sur le coin quand viendra le temps de me dérouler?» m'étais-je demandé.

Fier de mon innovation, je m'enroulai. La tête sur mon sac, bien au chaud malgré les rafales hurlantes, je sombrai bientôt dans un profond sommeil qu'aucun rêve ne vint troubler.

Lorsque je me réveillai, on me léchait la figure.

Entre l'azur d'un splendide ciel boréal que nulle nuée ne voilait et mes yeux encore tout imprégnés des ombres du sommeil, s'agitait un paquet de poils dont sortait une langue qui s'employait à me nettoyer le dessous du nez.

J'eus le réflexe d'amorcer un geste pour me protéger la face, mais mon bras ne put s'élever, prisonnier qu'il était de sa geôle de coton. Et ça léchait toujours.

Je décidai de me dérouler.

Je me balançai de gauche à droite à quelques reprises, puis je tentai de me projeter. Il n'y eut pas de pfuit! Je recommençai: deuxième échec. Nouvelle tentative: nenni. Affolé, je multipliais les essais, mais je revenais toujours à ma position initiale.

Et, chaque fois, la créature qui m'avait réveillé lançait des petits cris joyeux.

Il me fallut un certain temps pour me rendre compte que la chaleur de mon corps avait fait fondre la couche supérieure de neige, creusant ainsi une cuvette au fond de laquelle je m'agitais vainement. Sisyphe des temps modernes, je peinais pour remonter la pente, mais toujours je retombais.

Qu'allais-je faire?

— Ne bouge plus! Je vais te dérouler.

En même temps, je sentis qu'on saisissait le bord du tissu. Une secousse vigoureuse s'ensuivit et je fus éjecté. Je me relevai huit mètres plus loin, après m'être délié les pieds.

— Je me présente: Alexis Crèvecœur, artiste et trappeur. Voici ma carte.

C'était un grand échalas, coiffé d'un casque à la Davy Crocket et vêtu d'une pelisse en renard argenté. Il me tendit un petit carton en bristol bleu lavande. Dessus, en lettres d'or:

ALEXIS CRÈVECŒUR
artiste peintre
paysages – portraits – natures mortes
couleurs au choix du client
Ramboise 33-04175

— Conserve-la précieusement et, si un jour la soif de l'art t'assaille, ne la laisse pas inassouvie.

Puis, pointant mon lécheur du doigt,

— Je te présente Hector, mon chien. Il est affectueux.

Je m'inclinai devant un Hector qui frétillait de la queue.

— Je te laisse. On m'attend à l'ashram. Une grande fresque pour le réfectoire. Ah! J'oubliais. La méthode amérindienne, c'est excellent, mais il faut laisser un bras au-dehors.

Là-dessus, il s'en fut. Tout pantois, je le regardai s'éloigner. Hector sur ses talons, il arpentait la neige durcie du haut plateau sur ses longues pattes d'échassier.

Je déjeunai, puis je repris ma progression. À neuf heures pile, j'atteignis le cairn. Un tout petit cairn, haut d'un mètre cinquante à peine. Avec ma mitaine, j'enlevai la neige. Tel que prévu, le nom de grand-père m'apparut sur une des pierres du centre.

Le gel avait soudé les pierres les unes aux autres. Je les descellai avec mon piolet. Au centre du cairn, je plaçai le caillou gravé à mon nom et je posai celui de grand-père par-dessus. Il ne m'avait pas demandé de le rapporter. J'étais maintenant propriétaire du sol que je foulais et je me sentis important.

Je regardai autour.

En direction du nord-est, le haut plateau descendait entre des crêtes jusqu'à la ligne d'horizon où, fort probablement, il coiffait une paroi d'une inclinaison vertigineuse. Sur la droite, se profilait une ligne sombre qui pouvait être l'orée d'un bois. Il était possible qu'il y eût là des arbres car ce point se trouvait quelques centaines de mètres plus bas que l'endroit où je me tenais.

Je me mis en route dans cette direction.

C'étaient bien des arbres. En m'approchant, je vis qu'ils formaient deux entités distinctes; à droite, un petit bois clairsemé, à gauche, un massif touffu. Je me dirigeai vers celui-ci. J'en inspectai minutieusement chaque mètre de la bordure, mais je ne pus déceler aucun sentier donnant accès à ses profondeurs.

Perplexe, je m'arrêtai un instant pour réfléchir.

Réflexion faite, je mis mocassins et raquettes et je pénétrai dans la forêt.

J'avançais avec peine et, malgré mes précautions, je ne pus éviter que le bas branchage me lacère le visage à plusieurs reprises.

Je cherchais un chemin parallèle à la bordure du bois. «Si quelqu'un se terre au creux de cette forêt, m'étais-je dit en avalant ma purée de marrons, il aura pris soin qu'aucun sentier ne se rende jusqu'à l'orée.»

Vingt minutes après mon entrée dans le bois, au moment où, découragé, j'allais rebrousser chemin, je débouchai sur une sorte de chemin forestier assez large et bien entretenu. Comme prévu, il suivait un tracé parallèle à la lisière de la forêt. Je pris à gauche et j'avançai sur une centaine de mètres, jusqu'à un épais taillis. Terminus.

Je revins sur mes pas.

Un peu passé l'endroit où j'avais débouché sur le chemin, j'en vis un autre qui s'en détachait. Son tracé était perpendiculaire au premier. C'est ce que je cherchais. Tournant le dos à la lisière du bois, je le suivis.

Je marchai tout l'après-midi. Et d'un bon pas, car la piste, bien tracée, descendait doucement. Vers quatorze heures, je traversai une boulaie. Ensuite, je vis des trembles, puis des érables, enfin des chênes. C'était étonnant, car ces dernières essences ne se rencontrent habituellement pas sous ces latitudes. Le coin, à l'évidence, probablement protégé des vents du nord par quelques crêtes bien situées, jouissait d'un microclimat tempéré.

Un peu plus loin, mon étonnement fit place à la stupéfaction: je dus enlever mes raquettes car il n'y avait plus de neige. Puis, je vis de plus en plus de feuillus, toujours garnis de leurs feuilles; puis encore, un étang recouvert de nénuphars. J'avais chaud au point que je dus enlever mon anorak. Ma théorie des crêtes protectrices ne pouvait justifier à elle seule une telle douceur du climat. Impossible! Il devait y avoir une autre raison.

Je plongeai la main dans l'étang. On aurait dit l'eau d'une piscine, un midi de fin juillet.

Je repartis, mais, une demi-heure plus tard, je dus m'arrêter à nouveau pour enlever mon chandail. Autour de moi voletaient quelques papillons d'automne.

Stupéfiant!

Je cherchais à comprendre, à trouver quelque cause logique à cet environnement insolite quand, tout à coup, à un détour du sentier, le climat cessa de me préoccuper.

Devant moi se tenait mon père. Une femme l'accompagnait, que je reconnus être ma mère.

Tous deux me souriaient.

— Sois le bienvenu, Jean, me dit mon père. Le voyage ne t'a pas trop fatigué?

— Nous étions mortellement inquiets, ajouta ma mère. Depuis l'attaque à la grenade contre *La Volga,* nous n'avions reçu aucune nouvelle te concernant.

Était-ce la stupeur causée par ces paroles ou l'émoi des retrouvailles? Toujours est-il que je faillis m'évanouir.

Nous nous embrassâmes, mais il n'y eut pas de grandes effusions car tout intérieure était notre joie. Quand, après douze ans, une famille est à nouveau réunie, cela se savoure dans le silence et la paix. Nimbés par le soleil déclinant, nous avons doucement cheminé en cette fin d'après-midi à la douceur étonnante, occupant la pleine largeur du sentier, car nous marchions de front.

— Nous causerons une fois rendus à *Thabor,* avait dit mon père, au moment où nous nous étions mis en route.

Lentement, nous descendîmes vers *Thabor.* Mes parents, comme je le sus plus tard, avaient baptisé leur refuge du nom de la montagne où le Christ était apparu tranfiguré à trois des apôtres. La découverte de ce lieu leur avait apporté lumière et espoir.

— Nous arrivons, dit ma mère. Regarde! On peut voir la roseraie.

— Une roseraie?

— Oui. Et en pleine floraison. Nous t'expliquerons tout ça en mangeant.

Je pris la décision de ne plus m'étonner. Nous étions en novembre, sous une latitude quasi boréale, au cœur d'un massif altier; je sortais à peine d'un monde de froid, de glace et de neige et voilà que devant moi s'épanouissaient des roses. Bon! Et puis après?

— Je prendrais bien un bon bain chaud, dis-je.

— Il est déjà prêt, répondit mon père. Entre!

Et nous pénétrâmes dans une caverne pour mille et une nuits. J'étais ébloui.

J'ai dit une caverne, mais c'était plutôt un parc qu'éclairaient *a giorno* les rayons du soleil. Ils glissaient à partir d'immenses et nombreux puits de lumière naturels, percés dans le plafond rocheux qui nous dominait d'une trentaine de mètres. Ce plafond était adossé à une pente herbeuse que surplombait une raide paroi.

On ne se sentait pas enfermé, mais plutôt à l'air libre, comme dans un jardin. Sauf à l'endroit de la pente herbeuse, il n'y avait pratiquement pas de murs. D'énormes colonnes de pierre blanchâtre, tout autour comme à l'intérieur, à la fois stalactites et stalagmites, s'élançaient vers le plafond et le supportaient. L'ensemble faisait penser à un champignon géant troué, à pieds multiples, lequel pourrait aisément abriter une demi-douzaine de terrains de football.

Sous ce plafond ajouré, dans ce qu'il me faut bien appeler le paradis, je vis des carrés de légumineuses, des potagers, des jardins fleuris et même un verger. Certaines aires, protégées des intempéries, servaient à la cuisine, au repos, à la détente.

Mon père me conduisit aux bains. Ils occupaient un espace clos de murs en bois entourant une grande vasque creusée à même la pierre et remplie d'une eau provenant d'une source thermale. Je plongeai le doigt dans la vasque: autour de cinquante degrés. Idéal!

— Il y a une petite chute tout près. Tu pourras terminer par une douche froide, si le cœur t'en dit.

Mon père déposa quelques vêtements sur le sol. En sortant, il ajouta:

— Ne te prélasse pas trop. Le souper sera prêt dans quelques minutes. Aloysius a promis qu'il serait spécial.

Je tombai dans la vasque et peu s'en fallut que je m'y noyasse.

VII

Toute la vérité

— Ris d'orignal à la Thabor sur lit de cho oyu, annonça fièrement Aloysius.

Il avança à tout petits pas rapides et déposa le plat fumant au centre de la table. Puis, à mon intention, il précisa:

— Le cho oyu est une sorte de laitue qui croît dans nos potagers. Elle est de couleur turquoise, comme vous l'aurez remarqué. Probablement à cause de la qualité de la lumière.

Mais c'est l'orignal qui m'intéressait.

— L'orignal a-t-il été abattu dans les environs? demandai-je.

— Oui, répondit mon père.

— Était-il gros?

— Énorme. Autour de huit cents kilos.

Nous étions dans la salle à manger, assis autour d'une longue table rustique qu'éclairaient trois chandeliers à sept branches. Des panneaux de contreplaqué, égayés de paysages peints par mon père, nous protégeaient des courants d'air. Mon père avait revêtu un smoking et ma mère portait une robe du soir.

Mon père déboucha une bouteille de *Grand Otish,* cuvée 1985, produit de ses vignes. C'était un vin rouge, presque noir. Il en versa un peu dans une coupe qu'il me tendit.

Je fis comme on voit dans les films. J'agitai délicatement la coupe au creux de ma paume, puis j'y plongeai le nez. Ensuite, j'aspirai quelques gouttes sous la langue et, la tête en arrière, les yeux tournés vers le zénith, je fis semblant d'être au septième ciel. Enfin, je crachai le tout sur le sol.

— Pas mauvais, fis-je. Peut-être un peu fruité. Il doit bien faire ses quinze degrés. Il a du corps.

— Il a de la classe, dit ma mère.

Je n'osai lui demander si elle parlait du vin ou de son fils.

Mon père se leva, un verre à la main.

— Jean, je bois à ta santé. AU PLUS DRU!

Et il fit cul sec. Je n'allais pas rater l'occasion.

— D'où vient cette devise?

— Elle date du temps des croisades.

Un cri de guerre, probablement. Au temps de ma jeunesse, mes copains et moi avions adopté ce cri. Lors de nos libations, il nous permettait d'habiller nos toasts d'un brin d'originalité.

Ma mère soupira.

— Parlons-en de tes libations!

Mon père comprit qu'il s'était aventuré en terrain miné. Il bifurqua.

— Alors que tu n'étais encore qu'un marmot, je te faisais souvent sauter sur mes genoux en criant: «AU PLUS DRU! AU PLUS DRU!» Et tu partais à rire.

— Je m'en souviens, mais la nuit seulement. À propos: connaissez-vous le propriétaire de l'hôtel Saint-Louis, à Ramboise?

— C'était un ami de ton père, répondit ma mère. Lui aussi participait à ces fameuses libations. Pourquoi cette question?

Je leur fis part de mon étonnement devant la devise inscrite au fronton de l'hôtel Sant-Louis.

Nous parlâmes de tout et de rien puis, après le café, mon père repoussa sa chaise et alluma un cigare.

— Le petit a droit à quelques explications. Tu commences, Aline?

Ma mère accepta. À sa demande, Aloysius lui apporta un fume-cigarette long comme son avant-bras, au bout duquel elle emboutit une extra-longue que mon père, galant, lui alluma en s'inclinant. Elle se pencha en arrière, souffla quelques anneaux parfaits vers la voûte, puis...

— Ton père et moi fumons, comme tu vois. Mauvais, je sais. Mais que faire d'autre ici? Ah! Que ne donnerais-je pas pour voir encore une fois danser Daphnis et Chloé par les Grands Ballets de Mésève!

— Nous avons habité Mésève! m'exclamai-je.

— Bien sûr. Jusqu'à notre fuite.

— Laisse-moi me rappeler: notre logement donnait sur une petite place. Il y avait un magasin de sport, tout près.

— Quelle mémoire! J'ai toujours prétendu que tu tenais surtout de moi. Enfin! Je suppose que maître Ablacatoff t'a raconté les frasques de ton père et où tout cela nous a conduit.

— Aline, tu exagères!

— Oui, tes frasques! Et le mot est faible. Grands dieux! Dire qu'en ce moment même je pourrais prendre le thé avec Ingrid et Gertrude chez les de La Rabastalière.

— La marquise de La Rabastalière tenait salon, précisa mon père. Ces dames s'y rencontraient régulièrement pour y deviser de peinture et de littérature.

Je faillis leur dévoiler que je fréquentais une princesse russe, mais je m'abstins. Ce n'était pas le moment.

— Après notre fuite, nous t'avons confié à Alphonse, mon frère, et nous nous sommes réfugiés à l'ashram. Nous y avons passé six longs mois. Tout un hiver! Ton père y serait resté à demeure, car il s'était découvert une vocation d'anachorète. Car tel est ton père: joueur de poker un jour, anachorète le lendemain.

— Une vocation d'ascète, Aline, pas d'anachorète. Ce n'est pas pareil. Un anachorète est un ermite, alors que j'étais comblé par ta présence.

— Oh! Ascète ou anachorète, peu importe. Toujours est-il qu'un beau soir, arrive à l'ashram un grand échalas, trappeur de son métier. À peine était-il installé, qu'il invite ton père à une partie de poker. Tu auras deviné qu'il a accepté. Ça s'est déroulé dans la cellule de l'échalas. Tu te rends compte: une partie de poker dans un monastère!

— Mais les moines l'ignoraient, Aline. Ce qu'on ne sait pas ne fait pas mal.

— Laisse-moi éclairer ton ignominie jusque dans ses plus noirs recoins, reprit ma mère. Nous n'avions plus un sou. Nous restaient cependant nos joncs respectifs, ma bague de fiançailles et une petite croix en or sertie d'émeraudes que j'avais un jour offerte à ton père. Eh bien! Le rastaquouère l'a jouée! Et contre quoi? Contre un domaine situé au cœur des Grandes Otish. Domaine qu'il n'avait jamais vu, je m'empresse d'ajouter.

— Mais j'ai gagné, et il en valait la peine.

— Mais tu ne le savais pas à l'époque.

Ils se regardèrent et partirent d'un grand éclat de rire. Aloysius, qui s'était assis à côté de moi, me poussa du coude. À l'oreille, il me chuchota: «Ils ne se chicanent pas, vous savez, ils s'amusent. Ils ont créé ce jeu pour garder le moral.»

La conversation se poursuivit longtemps sur ce ton et j'appris beaucoup de choses.

Ainsi, Aloysius, que grand-père Hermas avait mis au service de mes parents dès leur fuite, faisait depuis, régulièrement, la navette entre Ramboise, l'ashram et Thabor, afin d'y approvisionner les réfugiés.

Mais voici la grande révélation: mon grand-père était décédé plus de deux ans auparavant sans laisser de testament.

— Quoi! Tout ça était un coup monté!

— Depuis quelque temps, répondit ma mère, ton père et moi estimions que tu étais maintenant assez âgé pour apprendre la vérité nous concernant. De plus, nous brûlions du désir de te revoir. Mais pouvait-on te faire confiance? Saurais-tu garder un secret? Nous savions que tu séchais régulièrement les cours et nous n'ignorions rien de ton laisser-aller général.

— Nous avons décidé de te soumettre à une épreuve, poursuivit mon père. On ne te conduirait pas à Thabor. Plutôt, tu devrais toi-même prendre la décision d'y aller, trouver l'endroit à partir de quelques indices, puis t'y rendre par tes propres moyens. D'où toute cette mise en scène, avec maître Ablacatoff et Aloysius comme acteurs principaux. Ce dernier avait été chargé de te livrer l'argent et la fausse lettre de grand-père.

— Le père abbé connaît-il l'existence de Thabor?

— Certainement, répondit mon père. Tout le matériel que tu vois ici a transité par l'ashram, durant la belle saison. Il savait aussi que tu devais venir.

— Et le grand échalas? Je sais qu'il se nomme Alexis Crèvecœur.

Je sortis la carte de visite et la déposai sur la table.

— Il n'est que trappeur, mais il nous sert de prête-nom, dit ma mère, car il nous faut bien vivre. Les toiles vendues sous sa signature sont peintes par ton père qui ne peut signer du sien, car il a intérêt à faire croire qu'il est mort. Alexis sera ici demain. Nous lui avons demandé d'aller jusqu'à l'ashram afin de s'assurer, le cas échéant, que ton voyage se déroulait tel que prévu.

— J'ai eu des ennuis, mais c'était avant l'ashram.

Et je racontai. Tout, y compris l'incident de la place, à Mésève.

— J'espère qu'ils n'ont pas découvert Thabor, dis-je en terminant.

— Aucun danger, répondit mon père. Un hélicoptère qui s'aventurerait à nous survoler serait vite rabattu contre les parois qui nous dominent. Les vents sont terribles, là-haut. De toute manière on ne verrait que du roc et quelques bouquets d'arbres. Crois-moi, il n'y a qu'un moyen pour venir jusqu'ici, et c'est à pied.

— *Pedibus cum jambis,* fis-je.

Ma mère me jeta un coup d'œil admiratif.

— Tu sais le latin?

— Un peu, répondis-je modestement.

— Tu devras maintenant vivre ici, dit mon père. Il est clair que les hommes du vieux Pasquale t'ont retrouvé.

— Pasquale! Tu as bien dit Pasquale?

— Oui.

Je regardai Aloysius.

— Le dénommé Pasquale réside au lac Onikagan, dit celui-ci, probablement à la villa Cucuruzzu.

Et il fit part à mes parents des paroles échangées par les femmes en noir à la source du chemin creux.

— Il me faut réfléchir à tout ça, dit mon père. Et comme la nuit porte conseil, je propose que nous nous retirions tous dans nos quartiers. Qu'en dis-tu, Aline?

Sur ces paroles, il se leva et tendit le bras à ma mère. Et de les voir ainsi s'en aller bras dessus bras dessous, vêtus de leurs plus beaux atours, il me vint à l'esprit que mes parents étaient peut-être un brin snobs. J'en fis la remarque à Aloysius.

— Qu'allez-vous chercher là? Ils s'habillent ainsi tous les soirs. C'est le moyen qu'ils ont trouvé afin de ne pas dégénérer. Pensez qu'en douze ans, ils ne sont pas sortis de Thabor. Préféreriez-vous qu'ils ne se lavent plus?

— Non, répondis-je.

Chacun prit son fanal et nous nous dirigeâmes vers nos quartiers respectifs.

VIII

Vol de nuit

— Le microclimat dont jouit Thabor est la résultante de la combinaison de deux facteurs agissant en synergie parfaite ce qui produit...

— Bon! Le voilà reparti, dit ma mère. Laisse-moi t'expliquer. Primo: les crêtes qui nous dominent bloquent les vents du nord et même les autres; secundo: sous nos pieds bouillonne une nappe d'eau très chaude, sous pression, que ton père a su capter et canaliser. Tu vois ces gros tuyaux qui quadrillent le sol?

En effet, je les avais remarqués.

— Eh bien! Ce sont nos calorifères.

— Mais papa n'a certainement pas installé un système de chauffage sur des kilomètres à la ronde. Et pourtant, j'ai dû enlever mon anorak à plus d'un quart d'heure de marche d'ici.

— C'est que, dans tout le sous-sol environnant, circule une eau tellurique d'une température très élevée dont les effets...

— Il veut dire qu'il y a partout des sources d'eau chaude, coupa ma mère.

— Neige-t-il à Thabor?

— Au domaine, jamais. Dans les environs, un peu. Mais ça ne dure pas. C'est un vrai paradis, ajouta ma mère.

— Sauf que la vie culturelle y est très limitée. N'est-ce pas, Aline?

— Parlons-en de la vie culturelle! Les montagnes environnantes bloquent toutes les ondes radio. Pas la moindre musique.

— Ta mère omet de mentionner que je chante tous les matins en me rasant.

— Il appelle ça chanter!

Le temps était d'une douceur incroyable. Vêtus seulement d'un pantalon léger et d'un pull, mes parents et moi arpentions Thabor. Le domaine baignait dans une clarté exquise, quoique diffuse, plus vive là où les puits de lumière laissaient passer les rayons du soleil. Ils dessinaient de grandes taches claires sur le sol. Les maîtres du domaine avaient su utiliser ces endroits où croissaient les espèces assoiffées de lumière.

Nous étions, pour l'heure, accoudés à la clôture d'un petit corral où ruminaient quelques chèvres angoras.

— Notre fromage, dit mon père en me les désignant.

— Nos chandails, répliqua ma mère en passant sa main sur le mohair d'une des bêtes.

Le silence s'établit le temps du passage d'un ange, puis, se retournant vers moi, mon père dit:

— Jean, un problème me tracasse depuis hier soir au point que je n'ai presque pas dormi.

— Moi non plus, dit ma mère. Figure-toi qu'il ne cessait de s'agiter.

— Ne m'interromps pas, Aline. C'est sérieux. Voici. Comment, après douze ans, le vieux Pasquale a-t-il pu apprendre ton existence? Faire le lien entre Jean Gautier, l'adolescent de Rabaska et Pierre Gautier, le peintre de Mésève qu'il croyait mort depuis longtemps ?

J'allais répondre que je l'ignorais, lorsque je me rappelai l'article paru dernièrement dans le *Clairon de Rabaska*. On y parlait de ma victoire, l'été précédent, lors du tournoi provincial de lutte olympique: catégorie Junior. J'avais réussi à coller les épaules du champion en titre, Prosper Baptiste, grâce à une souplesse arrière de toute beauté. Au cœur d'un texte long et pompeux, le journaliste avait écrit: «[...] et son père, Pierre Gautier, le regretté artiste peintre de Mésève, a dû tressaillir de joie dans sa tombe.» Or, le *Clairon de Rabaska* était distribué sur tout le plateau de Saint-Augustin. Mes assaillants, bien sûr, savaient lire.

— Je crois savoir, répondis-je.

Et je parlai de l'article. Ma mère partit d'un grand éclat de rire.

— Vous vous rendez compte: «Tressaillir de joie dans sa tombe.» Pierre, si jamais tu meurs avant moi, ne t'attends pas à ce que j'aille souvent fleurir ta tombe. J'aurais bien trop peur que la pierre tombale ne se trémousse.

Et la voilà repartie.

— Voyons, Aline! Cesse ces pitreries, c'est grave. On en veut à la vie du petit.

Vous aurez compris que *le petit,* c'était moi: un mètre quatre-vingt dix pour quatre-vingt-douze kilos.

— C'est vrai, répondit ma mère en se mouchant. Excusez-moi. Je ne recommencerai plus. Grands dieux! Il faut le faire: tressaillir de joie dans sa tombe!

Mon père et moi nous assîmes sur la clôture en attendant que ça passe. Une petite brise nous apportait les accents joyeux d'une tyrolienne exécutée avec accompagnement canin.

Alexis, de retour depuis l'aube, aidait Aloysius à presser le raisin. Pieds nus, pantalons relevés jusqu'au dessus des genoux, les deux compères s'en donnaient à cœur joie. Ils iodlaient à tue tête tout en piétinant les grappes au fond d'une grande cuve. Hector les regardait faire et sautillait de joie.

— J'espère qu'ils se sont lavé les pieds, dis-je.

— Peu importe, répondit mon père. La fermentation, ça stérilise.

Soudain, je sentis qu'on me poussait dans le dos. Avant même que je pusse me retourner, je me retrouvai par terre. Comme si c'était drôle, ma mère eut un nouvel accès de fou rire. Mon père, plus maître de lui, réussit à faire les présentations.

— Gaspard, je te présente Jean; Jean, voici Gaspard.

Nous ne nous serrâmes pas la main, car Gaspard n'en avait pas. C'était un âne.

— C'est Gaspard qui a transporté presque tout le matériel dont nous disposons. Il vient de l'écurie du monastère.

— C'est un saint âne, réussit à placer ma mère.

Et la voilà par terre, tordue de rire. Quant à moi, comme si de rien n'était, je relançai cette conversation sérieuse que mon père et moi tenions, d'homme à homme.

— Comment peut-il passer à travers l'épais taillis qui s'étend entre le chemin forestier et le haut plateau?

— Il ne se rend qu'au chemin. D'autres ânes apportent le matériel du monastère jusqu'à l'orée du bois.

— Mais entre les deux?

— Aloysius s'en charge. Il a le don de pouvoir tout glisser entre les basses branches.

— Mais il ne se repose donc jamais! m'écriai-je.

— C'est qu'il n'est jamais fatigué, répondit mon père.

Ce dernier échange ayant permis à ma mère de retrouver une certaine maîtrise d'elle-même, nous nous sommes dirigés vers *sa* basse-cour.

— J'en ai tracé les plans, je l'ai mise sur pied et, maintenant, je la gère, me dit-elle. J'en suis particulièrement fière.

Il y avait de quoi pavoiser, car non seulement y picoraient coq, poules et poussins, mais aussi dindes, oies et faisans. De nombreux canards et un couple de cygnes sillonnaient un étang voisin.

— Lorsque ta mère nous dit qu'elle gère sa basse-cour, il faut comprendre qu'elle nourrit la volaille, qu'elle ramasse les œufs et qu'elle nettoie le poulailler.

— Qui d'autre le ferait? Aloysius est surchargé, Alexis n'est jamais là, et ton père dédaigne ces basses besognes même si, à l'occasion, il lui arrive de faire le coq.

Tout l'avant-midi fut employé à visiter le domaine: les potagers, fournisseurs de légumes variés; le verger, pourvoyeur de pommes, de poires, de cerises et de prunes; la vigne, productrice de gros raisins bleu nuit, gorgés de sucre, les carrés de luzerne et de seigle. La fécondation des plantes était assurée par un demi million d'abeilles réparties entre une quinzaine de ruches où les réfugiés puisaient cire et miel.

Ma mère avait vu à la disposition d'ensemble et elle avait fait merveille.

Un réseau de larges allées en terre battue, bien tassée et bien drainée, reliait entre elles les diverses parties de Thabor. De hautes haies les bordaient. Là où tombait la lumière d'un puits, elles étaient interrompues, par des massifs floraux. En fait, l'ensemble du domaine formait un jardin à l'anglaise, particulièrement soigné autour des aires d'habitation.

La visite terminée, nous dînâmes de fruits, de fromage et d'une galette de seigle puis, j'eus une importante conversation avec mes parents.

Je voulais bien, comme me l'avait proposé mon père, demeurer un certain temps à Thabor, du moins jusqu'à ce qu'on en sache plus long sur mes poursuivants mais, auparavant, je tenais à revoir Marouchka pour l'en aviser. Mon père aurait préféré qu'Aloysius se fit, une fois de plus, messager et ma mère était de son avis. Mais je tins mon bout.

Mes parents cédèrent; Alexis et Aloysius m'accompagneraient. Il fut décidé que nous partirions samedi en huit, car il me fallait préalablement apprendre à voler.

Je m'explique.

Le chemin le plus court pour rejoindre Thabor à partir de Ramboise passe par Saint-Raymond et l'ashram: une rude randonnée de deux jours, et ce durant la belle saison. Par contre, il est possible de revenir à Ramboise en une demi-journée. Le retour s'effectue via un point situé tout près de l'endroit où j'avais pénétré dans la forêt entourant le domaine.

Là, le haut plateau coiffe une paroi verticale qui plonge jusqu'au plateau de Saint-Augustin. De ce point, on peut rejoindre Ramboise en moins d'une heure si l'on sait manœuvrer un deltaplane avec habileté. Les hangars de Thabor n'abritaient jamais moins de quatre de ces engins, car à chacun de leurs voyages à Ramboise, Aloysius et Alexis en ramenaient un sur leur dos.

Je passai une semaine à apprendre l'art de piloter une aile delta. Alexis, à qui mes parents avaient confié la double responsabilité d'entraîneur et d'examinateur, me conduisait chaque matin sur une petite élévation qui dominait le domaine du côté nord. Là, peu à peu, courant vers le bas de la pente, j'ai pu décoller, puis voler sur quelques mètres et, enfin, parcourir presque un kilomètre sans toucher le sol.

J'étais fin prêt pour l'examen.

Il eut lieu la veille de notre départ. Debout sur le toit de Thabor, j'attendais le signal d'Alexis. Aloysius et mes parents ne me quittaient pas des yeux.

— Ne te laisse pas emporter trop haut, me cria Alexis. Tu risquerais d'être rabattu sur une paroi.

Je le rassurai d'un geste.

— Go!

Je me lançai au pas de course et je quittai le toit. Immédiatement, le courant d'air chaud qui montait de Thabor m'entraîna jusqu'à une hauteur que je jugeai supérieure à cinquante mètres. J'évoluai quelques minutes à cette altitude puis, après un virage sur l'aile, je glissai dans un vol plané impeccable et j'atterris en douceur à dix pas d'un Alexis attentif. La chance? Peut-être.

— Bravo! dit mon père.

— Vraiment, il tient de moi, ajouta ma mère.

— Quatre-vingt-dix sur cent, trancha Alexis.

* * *

— Êtes-vous monté à Thabor immédiatement après l'attaque de la péniche? demandai-je à Aloysius.

Nous étions sur le haut plateau, tout près de l'orée de la forêt. Il faisait un froid polaire que l'absence de vent, cependant, rendait supportable.

— J'ai quitté Ramboise deux jours après vous, me répondit-il.

— Avez-vous couché à l'ashram?

— Oui, mais j'y suis arrivé très tard pour le quitter dès l'aube. Lors de mon passage, vous deviez dormir.

Il était dix-sept heures et nous attendions que la nuit règne tout à fait. Notre retour à Ramboise, nous le voulions discret.

— Avez-vous rencontré mes poursuivants?

— Non. Aucun signe de leur présence. Pas d'hélico non plus.

— Peut-être croient-ils que j'ai péri de froid dans le massif.

— Souhaitons-le.

— Il fait suffisamment noir. En route! lança Alexis.

Notre aile sur le dos, nous le suivîmes jusqu'au bord de la paroi. Au loin, j'aperçus une pâle lueur.

— Les lumières de Ramboise, me dit Aloysius.

— Mettez votre passe-montagne et chaussez vos lunettes, nous ordonna Alexis.

À sa suite, nous nous lançâmes dans le vide, au moment même où la fuite d'un nuage nous dévoilait la lune.

Novice dans le domaine du vol libre, je ne perdais pas Alexis de vue. Avec l'habileté d'un grand rapace, il savait profiter du moindre courant d'air. Je copiais scrupuleusement chacune de ses manœuvres, imitant en cela Aloysius qui, bien qu'expérimenté, n'arrivait pas à la cheville de notre ami en ce domaine.

Nous traçâmes ainsi dans le ciel nocturne de grandes arabesques descendantes, jusqu'à une petite ferme que je jugeai située à environ deux kilomètres au nord de Ramboise. À la suite d'Alexis, nous la survolâmes à plusieurs reprises. Nous cherchions un point d'atterrissage suffisamment ferme. Nous pouvions voir nos ombres évoluer sur la neige durcie qu'éclairaient les rayons lunaires.

C'est le moment que choisit une femme pour sortir d'un des bâtiments. Elle portait un seau et se dirigeait vers la maison. À mi-chemin, elle regarda le ciel et aperçut nos silhouettes qui se découpaient nettement sur fond de lune.

Elle laissa tomber son seau et courut vers la maison en criant: «Des vampires! des vampires!» Elle agitait ses mains de chaque côté de sa tête. Je n'avais encore jamais contemplé une si belle frayeur.

Nous nous empressâmes de toucher terre derrière un bâtiment. Nous étions en train de replier notre matériel, lorsque la porte de la maison s'ouvrit.

— Tu vois bien qu'il n'y a rien, dit quelqu'un.

Ces paroles nous parvinrent avec accompagnement d'éclats de rire que perçaient des petits cris hystériques. Quant à nous, nous avons vite filé vers Ramboise.

Une heure plus tard, nous étions dans le bureau de maître Ablacatoff. Il nous apprit que Marouchka avait été enlevée.

— Quoi! hurlais-je.

J'étais atterré.

— Hier, au sortir de l'école, des amies l'ont vue monter dans une limousine noire. Aucune nouvelle depuis. Ce matin, son père a averti la police. On la cherche.

Je regardai Alexis et Aloysius, et je sus que je pouvais compter sur eux.

— Je sais où elle est, dis-je.

— Il faut aviser la police, dit le notaire.

— Non. Ce serait trop dangereux. On veut m'attirer à un certain endroit! Eh bien! J'irai.

IX

La villa Cucuruzzu

La surface gelée du canal s'étirait sur un kilomètre entre le petit port et la villa Cucuruzzu. Assis sur la glace du lac Oni-kagan, mes compagnons et moi fixâmes les lames à nos chaussures. Des nuages masquaient la pleine lune et nous étions vêtus de noir.

Alexis avait réussi à nous dénicher, je ne sais où, ces sortes de patins à lame amovible qui nous permettraient de progresser sur la glace comme dans la neige ou sur terre ferme.

Aloysius nous montra un petit bateau à glace. Son propriétaire, négligent, n'avait pas enlevé les voiles. Elles pendaient à la base du mat, attendant qui voudrait bien les hisser pour le propulser à grande vitesse.

— Voilà qui pourrait nous être utile au retour.

Personne ne lui répondit, car à sa suite, Alexis et moi patinions déjà sur le canal en direction de la villa Cucuruzzu. Un fort vent contraire s'était levé qui nous obligeait à redoubler d'efforts. Par contre, ce vent, nous l'aurions dans le dos au retour. Cette pensée nous réjouissait, car il était évident qu'on essaierait de couper notre retraite en direction de la voiture de l'oncle Nikolaï.

— Voici la villa, dit Aloysius.

C'était une bien étrange maison que le canal perçait en son milieu. Un bâtiment se dressait sur chacune des rives, relié à l'autre par une galerie vitrée enjambant le canal à la hauteur de l'étage. Sous la galerie, sur la rive gauche, s'ouvrait une porte à double battant qui donnait sur un petit embarcadère.

Nous avons enlevé nos lames qu'Aloysius a glissées dans un petit sac qu'il portait en bandoulière et, à tout petits pas, sur la glace vive du canal, nous avons cheminé jusqu'à l'embarcadère de la rive gauche. Nous allions nous y hisser, lorsque la porte s'ouvrit. Vite, nous nous sommes accroupis. Nos yeux ne quittaient pas l'entrée fortement éclairée que nous pouvions apercevoir entre les planches disjointes du rebord de l'appontement.

Sur le seuil, apparut un malabar. Je reconnus un de mes poursuivants de la région des collines. Il s'étira, boutonna un long manteau, mit un des chapeaux accrochés à une patère et sortit.

À peine avait-il posé un pied sur l'embarcadère, qu'Alexis lui agrippa la cheville, le fit basculer sur la glace et l'envoya au pays des rêves d'un uppercut savamment placé.

Quelques minutes plus tard le malabar, bâillonné avec mon foulard et ligoté avec sa ceinture et ses bretelles, gisait sous le quai qu'Alexis arpentait lentement, comme s'il prenait l'air. Notre ami avait revêtu le long manteau de sa victime et coiffé son chapeau. Il attendait vraisemblablement que quelqu'un d'autre sorte pour lui faire subir le même sort.

À chacun de ses allers retours, Alexis passait devant une petite fenêtre par laquelle il ne manquait pas de jeter un coup d'œil. Soudain, il s'arrêta devant celle-ci et nous fit signe d'approcher. Je me hissai à ses côtés et ce que je vis me fit bondir le cœur dans la poitrine: la fenêtre donnait sur une chambre où dormait Marouchka.

— Elle n'y était pas lors de mon dernier passage.

— On l'aura probablement portée jusque là après lui avoir administré un somnifère, souffla Aloysius.

Quant à moi, je me creusais les méninges. Comment la délivrer?

Encore une fois, Alexis prit la direction des opérations. Avec une belle audace, il se dirigea vers la porte d'entrée, l'ouvrit et la referma sur lui. Quelques minutes plus tard, il en ressortait avec un autre manteau et un second chapeau qu'il me tendit.

— Je n'ai rien pu trouver à votre taille, dit-il à Aloysius. Attendez-nous ici.

Aloysius, n'ayant rien à prouver, n'insista pas pour nous accompagner.

— Je vous attendrai à l'entrée du canal.

Ceci dit, il s'occupait déjà à fixer les lames à ses chaussures, alors qu'Alexis et moi entrions dans la villa.

Derrière Alexis, je traversai le vestibule jusqu'à une deuxième porte. Mon compagnon l'ouvrit doucement, jeta un coup d'œil à droite et à gauche et la franchit en me faisant signe de le suivre. Nous étions maintenant dans une pièce carrée, spacieuse, vide, éclairée seulement par quelques chandeliers fixés aux murs. Elle donnait accès à un long et large corridor plongé dans la pénombre. Du bout du corridor nous parvenaient des lamentations.

Nous allions nous y engager, lorsqu'une femme en noir apparut à l'autre bout, suivie d'une deuxième, puis d'une troisième, puis de plusieurs autres. Un catafalque sur roues les suivait, poussé par deux hommes en lesquels je reconnus les frères Bogart. Une demi-douzaine de malabars fermaient la marche. Sur un ton déchirant, les femmes psalmodiaient: «Son Excellence n'est plus! Notre bienfaiteur a disparu! Aaah! Qui donc remplacera notre généreux protecteur?»

Le devant du cortège approchait du seuil de la pièce où nous nous trouvions. Impossible de fuir. Je jetai un coup d'œil à Alexis. Le chapeau sur les yeux, très droit, il se tenait tout près de la porte par où les femmes entreraient. Je fis de même de l'autre côté, espérant qu'on nous prendrait pour deux des gardes du corps.

Le cortège pénétra dans la chambre en passant entre nous deux et fit cercle autour du catafalque placé en son centre. C'est alors qu'Alexis eut un geste d'une audace inouïe.

Il s'approcha d'une des pleureuses, lui prit le bras et, l'air courroucé, lui fit comprendre par un geste impératif qu'il voulait qu'elle l'accompagne. Il me fit également signe de venir. Nous prîmes le corridor par lequel le cortège s'était avancé. Probablement à cause de la pénombre, le bluff fonctionna à merveille et personne ne nous suivit.

Nous avancions rapidement vers l'autre bout du corridor. Tout en marchant, Alexis parlait à la femme qu'il tenait toujours par le bras.

— Nous sommes venus chercher la jeune fille qui a été enlevée. Menez-nous à elle.

Peut-être était-ce par crainte, mais toujours est-il qu'elle nous indiqua une porte et nous entrâmes dans la chambre où Marouchka gisait, inconsciente.

Je l'enveloppai dans mon manteau et la pris dans mes bras pendant qu'Alexis demandait à la femme par où nous pourrions fuir. Nous reprîmes le corridor et elle nous conduisit jusqu'à une petite porte à l'arrière de la villa.

— Faites-vite, dit-elle. Monsieur Lucien doit venir lui redonner un somnifère dans quelques minutes.

Elle ouvrit la porte et nous sortîmes.

— Qui est Lucien, lui demandai-je, en entamant ma progression vers le canal?

— C'est un des deux fils de Pasquale. L'autre se nomme Jérôme. Ils se tenaient près du catafalque. Vous les avez certainement remarqués, ils ressemblent à Humphrey Bogart. Ils sont les seuls héritiers.

Une minute plus tard, nous étions sur la glace du canal. C'est là que nous nous sommes aperçus que nos lames étaient toujours dans le sac d'Aloysius.

— Je lui avais pourtant dit de nous attendre ici, grogna Alexis. Il n'en fait toujours qu'à sa tête.

Soudain, la porte s'ouvrit et Lucien, à moins que ce ne soit Jérôme, apparut sur le seuil. Il nous vit et rentra précipitamment. Il était clair que nous serions poursuivis et rattrapés. Car comment progresser rapidement sur cette glace vive, sans crampons, sans patins et avec Marouchka qui pesait de tout son poids? La rive? La couche de neige, quoique peu épaisse, nuirait grandement à la progression.

C'est alors que le brave, le serviable, le merveilleux Aloysius apparut au tournant du canal. Et il n'était pas seul. Toutes voiles baissées, notre ami poussait le bateau à glace aperçu au petit port.

— Vite! Montez, nous dit-il.

En même temps, il hissait le foc. J'installai le mieux possible Marouchka dans le fond, pendant que mes compagnons se débattaient avec la grande voile. Quelques instants plus tard, Aloysius avait pris la barre et nous filions bon train, vent arrière.

Il était temps, car une demi-douzaine de malabars sortaient de la villa. Encore quelques secondes et nous parvint le bruit de voitures démarrant en trombe. Cependant, nous arrivions au lac Onikagan. Sa surface glacée, nous le savions, nous permettrait de filer à tombeau ouvert.

Aloysius maintint un moment l'allure vent arrière puis, à environ deux cents mètres de la rive, il vira à gauche et pointa le nez du bateau vers l'endroit où nous avions laissé la voiture. L'embarcation filait maintenant vent de travers et Alexis et moi dûmes nous asseoir au-dessus des patins à babord pour faire contrepoids.

Nous étions en train de doubler une pointe, lorsqu'un grand bateau à glace surgit d'une baie et fonça sur nous. À son bord se tenaient Lucien, Jérôme et leurs hommes de main. Aloysius nous cria de nous déplacer vers le centre et changea brusquement de cap. Je sentis la bôme me frôler les cheveux dans son déplacement.

Nous glissions de nouveau vent arrière, vers la rive opposée, mais il était clair que nos poursuivants nous rattraperaient. Plus longue, mieux voilée, leur embarcation grignotait peu à peu notre avance.

Nous étions au milieu du lac lorsqu'ils nous rejoignirent. Quelques mètres à peine nous séparaient d'eux, lorsque je vis un des Bogart allumer un bâton de dynamite.

— Vire! criai-je à Aloysius.

Il m'obéit instantanément et nous fûmes projetés au fond du bateau. Là, la face collée aux planches, j'entendis une explosion terrible dont le bruit me perça presque les tympans. Je me relevai et vis un gros trou dans la glace, sur notre arrière tribord. J'aperçus aussi le bateau de nos poursuivants qui achevait de s'y enfoncer. Quelques cris, quelques mains s'agitant au-dessus de l'eau, puis tout fut fini.

Quant à moi, je me sentis soudain libre et léger comme l'air.

— Que se passe-t-il? Il m'a semblé entendre un bruit.

C'était Marouchka qui se réveillait.

— C'est le vent, lui répondis-je.

Et elle se rendormit.

Épilogue

Tout au fond de la loge, est coincé un petit fauteuil juste assez large pour deux. Je le partage avec la princesse Marouchka. Nous nous fréquentons assidûment, depuis que j'ai repris mes études à la polyvalente de Ramboise.

Au deuxième rang, juste devant moi, se tient un Aloysius égal à lui-même. Ne nous a-t-il pas, il y a quelques minutes à peine, proposé d'aller chercher du café? À sa droite, le père abbé cause avec maître Ablacatoff. Grâce aux quelques mots que j'ai pu saisir, je devine qu'ils s'interrogent sur les origines de l'homme.

Alexis, lui, est à gauche d'Aloysius. Il a repris son ancien état de trappeur depuis que mon père a monté son atelier à Ramboise. À côté d'Alexis, bien droit, la barbe sur la poitrine et les mains sur les cuisses, somnole le capitaine Nikolaï. De ma place, je peux voir sa tête dodeliner.

Au premier rang, bien sûr, est assis mon père. Finies les imitations de Krieghoff! C'est du Pierre Gautier qu'il peint à présent, et c'est tant mieux.

Aline est à son côté. Elle cause avec ses voisines, Ingrid, Gertrude et, vous l'avez deviné, la marquise de La Rabastalière. Ma mère, avec l'aide d'Alexis et d'Aloysius, gère seule Thabor, maintenant. Elle veut en faire un centre de repos pour grands nerveux. Je lui ai dit que l'ashwram serait un bien meilleur endroit, mais elle n'a pas du tout apprécié.

Quant à moi, je caresse un tas de projets. Mais chut! Il me faudra vous en parler une autre fois, car l'orchestre est sur le point d'attaquer les premières mesures de Daphnis et Chloé.

Table des matières

DANS LA COLLECTION BORÉAL JUNIOR

Dans la collection Boréal Inter

Typographie et mise en pages:
Zéro faute

Achevé d'imprimer en octobre 1992
sur les presses
des Ateliers graphiques Marc Veilleux
à Cap Saint-Ignace, Québec